紫炎
Illustration Genyaky

Storage Man [Shura]
Re-employment and live the life of a dream explorer.
Conquer the dungeon at lightning sp0
with a storage skill the size of a plastic bottle.

収納おじさん【修羅】

1

再就職で夢の探索者生活。
ペットボトルサイズの収納スキルで
ダンジョンを爆速で攻略する

contents

プロローグ

ボトムズスタート

君も最高の探索者を目指さないか？

大学卒業後、仕事一辺倒で生きてきた私の目に、職安の片隅に貼られていたそのポスターが映ったのは偶然でした。思えば私はこの歳になるまで一番を目指したことなどありません。最高なんてものを夢見たこともありませんでした。ほどほどの仕事と安定した生活に満足していた私は、同期からも歳の割に枯れていると言われるような日々を過ごしていたのです。

けれども会社が倒産し、やりたいことも、趣味もなく、生きる気力もなくしていた私の中に、そのキャッチフレーズはスッと溶け込むように入ってきました。であればと思ったのです。ここが新しい人生を歩むスタート地点だと。そして、その日から私の生涯の目標は『最高の探索者』となったのでした。

ダンジョン。

そう呼ばれる場所に繋《つな》がるゲートが、世界の各地に出現してからすでに二十年以上が経ちました。日々増え続けるゲートからは危険な魔獣が現れ続け、各国の軍隊はその対処が追いつかず、地上のいくつもの場所が奪われました。またダンジョン内の素材を求める声が多く上がったこともあり、異例の速度で法整備が進んで、民間へのダンジョンの探索の開放が決まったのです。

そうして今では探索者と呼ばれる職業が台頭する時代となりました。

けれども新しい光があれば、そこに落ちる影があるというのが人の世の常というもの。

私、大貫善十郎《おおぬきぜんじゅうろう》（三十五歳）は半年前に無職となってしまいました。私が勤めていたのは〝ダンジョンに頼らぬモノヅクリ〟をモットーに、いつまで続くか分からないダンジョンの恩恵を敢えて外すことで安定した商売を……という企業理念を掲げていた会社だったのですが、時代の波に飲まれた形で倒産し、私は企業戦士ではなくなってしまったのです。

すでに世界はダンジョンを受け入れたということでしょう。

時代にそぐわぬロートルは消えるもの。会社の理念に従って、ダンジョンを仕事にも私事にも持ち込まぬ生活をしていた私がダンジョンに、そこを仕事の場にしている探索者の方々に憧れを抱き、次の就職先に決めたのもおかしいことではないでしょう。

ともあれ、探索者になるための手段は決まっています。まずは国家認定の資格試験に合格してシーカーライセンスを得ることです。そして資格を得た後にはゲート先の世界に適合するための覚醒施術を受ける必要があります。これは改造人間の一種になるための施術ですね。

かつては人間の体をいじるなんてとんでもないと非難されたものですが、ゲート前で人間の盾をやってる人たちが魔獣に美味しくいただかれる姿が生放送で流れて、世論が自己責任論に流れたことで潮目が変わったようです。迷宮災害で子供を亡くした元社長はそうした流れを変えたかったようですが、結果として私は無職です。人は理想だけでは食べていけないのです。

話を戻しましょう。

覚醒した探索者は通常の人間よりも強力な力を手に入れ、また人によってはスキルと称される特殊な能力を得ることができます。もう三十も半ばのおじさんでも超人になることができる可能性があるわけですね。

だからこそ私は思いました。社会の波に揉《も》まれて十数年。その枷《かせ》が解き放たれた今、私も冒険してもいいんじゃないか、最高の探索者を目指してもいいんじゃないかって。

こんなダンジョンのダの字も知らないような素人が何を言っているのかと思うでしょう。私もそう思います。けれどもこんな年でチャレンジャーとなる機会を得たのです。夢は大きくいきたいじゃないですか。

そう私は今、ここに宣言します。私は最高の探索者になります！

「はい、結果が出ました。大貫さんが覚醒したのはランクFの収納スキルひとつですね」

「あ、はい」

「この収納スキルってのはね。探索者としては是非とも欲しいスキルのひとつではあるのですけどね。ランクFだとペットボトル1本分、大体500ミリリットルぐらいの収納しかできないんですよ」

「ペットボトル1本分ですか。それは多分……少ないんですよね？」

「そうなんです、そうなんです。それでですね。さらに問題なのがこちらです。膂力《りょりょく》、精度、敏捷性《びんしょうせい》、持久力、知力のすべてのステータスランクがFです。正直に言いまして、こんなの私も初めて見ましたよ。オールFって普通じゃありませんって」

「…………」

「聞いてます大貫さん？」

「はい。聞いてます。あの……これってよろしくないのでしょうか？」

「うーん。シーカーになった人ってね。レベルに合わせて身体能力が上昇してくんですよ。で、その倍率がランクで表されているわけ。でね。Fって一．〇一倍なの。まあ強化されてないわけじゃないんだけど、簡単に言うと成長しても一般人とほとんど変わらないんです」

「変わらない……一般人と」

「そうなんです。探索者生活を安定させるならスキルよりもステータスの方が重視されるのですが、これはもう、その、問題外としか」

こうして探索者となった私は……

「やはり向いてませんか探索者?」

「はい。残念ながら」

はじめの一歩で探索協会の受付のお嬢さんから戦力外通告を受けたのでした。

善十郎千年紀　犬擬《もど》きの理

それは狼ではなく、犬であった。

それは人の中より生まれ、平穏を生きた犬であった。

周囲に嚙《か》み付くこともなく、日々を安穏と生きる犬であった。

満足はしていたのだろう。納得はしていたのだろう。

真に充足はしていなかったが、知らねば、今が幸福の頂点であると疑いもしない程度には浅慮で温厚な犬であった。

だから、ただそのままでいれば良かったのだ。さすれば、善性のままに朽ちていったのだ。

けれども首輪を外され、石の街で餌を求めて彷徨《さまよ》う野良となった犬は知ってしまった。

今までの己とは違う、別の生き方を。

圧倒的な熱を、地獄の業火の如き熱量を得られる生き方を。

故に犬の脳は焼かれ、瞳からは紅蓮の炎が溢《あふ》れ出し、垂れ落ちた涎《よだれ》は灼熱《しやくねつ》の風と共に大地を黒く焦がした。

それは即ち怪物《かいぶつ》である。まごうことなき、真性の怪物《バケモノ》である。

しかし犬は気付かない。化獣《ケモノ》と成り果てて尚、己をただの犬であると信じ続けた。

気付かず、ただ充実した日々を尊び、幸福を享受し続けた。

つまるところ、それが大貫善十郎という男であった。

第一章　赤い悪魔編

コボルトミンチ

「残念ながら……ですか。これは厳しいですね」

　私は本日、二十歳くらいの娘さんに説得されてしまいました。

『正直に言いますが、探索者になるのは諦めた方が良いですよ。大貫さんの能力ではソロでというのはまず無理です。一緒に組んでくれるお仲間の予定はありますか?』

『いえ。残念ながら、そういう相手はおりませんね』

　いわゆるボッチという立場にございます。まあ、飲みにいく知り合いはおりますが、ダンジョンに頼らないモノヅクリをしていた会社に勤めていたのですから、そういう伝手《つて》も当然ありませんね。

『となるとパーティマッチングアプリなどを利用する方法もありますが、年齢的にもすでにハンデを背負っている上に大貫さんのステータスとスキルでは絶対にマッチングされません。というかですね。されたら高確率で詐欺ですので通報をお願いします』

　と……いう話でした。ふふ、マッチングもされませんか。確かにオールFで初心者のオジさんを拾ってくれるのは詐欺師くらいなものでしょうね。

けれども逆にこう考えてはどうでしょうか。パーティに入らないと追放はされないのだと。つまり私は追放回避に成功したということです。ふふふ、虚《むな》しいですね。

「ハァ、現実に目を向けないといけませんか」

私が今いるのは上京してからずっと住んでいるマンションの自室です。まだ普通に貯金もありますので住み続けること自体は当面問題はありません。


「ゲートオープン」

さて、たった今手の上に出現した直径8センチメートルほどの穴があります。これが収納スキルの入り口である収納ゲートです。ちなみにこの穴は、発動した当人以外には見えないし、他の人は穴に手を入れることもできないそうです。ゲートオープンと口に出す必要はありませんが、スキルというものは自分の任意で発動できてしまうものなので、単語と紐付《ひもづ》けることを意識すると暴発を防ぎ、正確に発動しやすくなるんだとか。

それと収納ゲートは普通はもっとモヤッとしているそうですが、私のゲートはカッチリと真円です。そのことを質問したところ、どうにもこれが原因で私はステータスまで弱い可能性があるというお話でした。

なんでも受付のお嬢さん曰《いわ》く……

『覚醒施術というのはですね、各個人に潜在的に存在するポテンシャルをポイント化して膂力、精度、敏捷性、持久力、知力と、スキルの才能があればスキルに対してランダムで振り分けられるものなんだそうです。スキルに振られたらスキルが発現するし、ステータスに振られたらステータスのランクが上がる。見たところ、大貫さんの場合は収納スキルに全振りされたみたいなんですね』

『つまり私のスキルは強いということですか？』

『いいえ。今の説明で期待させてしまったのは申し訳なく思いますが、上昇するのは〝存在強度〟と呼ばれているものです。スキルによって効果が違って、通常は出力が上がったりするんですが、収納スキルの効果は収納ゲートが硬くなって、収納力が固定されるだけらしいんですよ』

『つまりどういうことでしょう？』

『サイズが固定されるので、大貫さんの収納スキルはレベルが上がっても、収納力がここから増えることはありません。ご愁傷様です』

はぁ――――――――。

ため息が出ますね。私が最高の探索者になるのはかなり難しいようです。最初の一歩が遠いです。

しかし、この収納ゲートって本当に硬いですね。

えいやっとフライパンで殴ったらフライパンの方がゴーンと鳴るだけで位置も変わりませんし、消えもしません。変わらず空中で固定されたままです。

うーん。ひょっとしてこれ『乗れます』？

そう思って私は発生させた穴に乗ろうとしたのですが、直径8センチメートルだとさすがに厳しいですね。

というわけで、玄関の中に入れてある自転車のサドルを持ってきて、穴に挿してみました。

あ、上手く固定されています。うん。座れますね、これ。

もしかすると私の収納スキル、思ったよりも使えるのかもしれません。となれば、もうちょっと調べてみますか。

調べる方法ですが、実は私が探索者になったことで探索協会から支給されたものがあります。それが小型端末『シーカーデバイス』です。これはカードサイズの端末で、インターネットを通じて探索者に必要な情報にアクセスできるだけではなく、探索者の免許でもあります。多機能な高級スマホという感じですね。

カメラやマイクも付いていて、ダンジョン内ではレコーダーとして機能します。位置座標なども逐次記録を取っているのと、他のシーカーデバイスと近づいた場合にも接近記録が残るので、ダンジョン内で揉め事があっても記録として残されるわけです。

ダンジョン内の公開エリアに設置されているシーカープローブと接続することで、外と通信を繋ぐことも可能なのだとか。

そしてこのシーカーデバイス内には各スキルのマニュアルも収録されています。そのマニュアルによれば、本来収納スキルのゲートは衝撃に弱く、ちょっと負荷がかかるだけでも崩れてしまうとの説明がありました。

収納ゲートが崩れると中の収納空間自体が解除されて、中身が外にぶちまけられることもあるんだとか。

怖いですね。なので収納ゲートを開く際には収納ゲートを壊さぬように気をつける必要があるそうです。

ただ私の収納ゲートは先ほどからいろいろと頑張ってはみたのですが、どれほど衝撃を与えてもビクともしません。ドロップキックをしても私の足首を痛めただけでした。湿布が沁《し》みますね。

これが存在強度が高い故……ということなのでしょうか。限度はあるでしょうが、足場や盾代わりに利用できるかもしれません。

あと試せることといえば、収納ゲートを閉じるのではなく解除するということでしょうか。私の力ではどうあっても崩すことはできませんが、ダンジョン内の魔獣の攻撃は多分受け止め切れるものではないでしょう。

そして収納空間が解除されると針の刺さった風船が破裂するように中のものがドバッと飛び出すのだそうです。

そんなわけで試してみましょう。

収納されていたものがそこらに撒《ま》き散らかされるというぐらいの感じだそうですが、実際に試してみないとどの程度のものなのか分かりませんからね。

とはいえ、ここは室内です。飛び出したものが石とかだと危ないのでティッシュ一枚詰めておきました。まあこれで多少なり、どういう感じかは摑《つか》めるでしょう。それでは、せーの。

「収納解除」

ズドーン！

バリーン！

バッキィ！

「は？」

私が収納解除をしたら、凄《すご》い音がして、飛び出たティッシュがチリヂリになり、窓ガラスが割れて、ベランダの柵が破壊されてしまいました。

はて、これは一体どういうことでしょう。

何かが出たのは分かりましたが……ふむ、もしかして今のって空気でしょうか。

私が収納空間を作る際にイメージしたのは風船です。空気を入れて膨らませるイメージだったので、解除とともに取り込んだ空気を一気に射出したということかもしれません。

いやはや、恐ろしいですね収納解除。これが武器になるなんて、マニュアルには書いてありませんでした。これほどの勢いなのは存在強度の高さ故でしょうか。

まあステータスが高ければこの程度の破壊力は拳ひとつで出せるのが探索者というものではあり

ますが。

とはいえです。ステータスとスキルがオールFの私にも、少しだけ光明が見えた気がします。実際に試してみないと分かりませんが、もしかするとこれなら私も探索者としてやっていけるのではないでしょうか？


なんということでしょう。ベランダと窓ガラスの修繕費で貯金がほとんど吹っ飛びました。それと無職であることもバレて大家さんの心象も最悪で、さっさと引っ越せコールが待ったなしです。

これは早めに探索者として安定した収入を得られるよう、頑張らないと不味いですね。

そんなわけで、私は探索者専門ショッピングモールであるダンジョンタウンで探索者ビギナーズキットを買ってきました。

セット内容は携帯可能な折り畳み槍に、刃物というよりはほぼ鈍器な鉈《なた》。防刃と対衝撃に優れたタイツのような薄型プロテクトスーツ。カッチリ体に固定されて戦闘の邪魔にならない上に防御力もあるバックパックと探索用便利グッズ等等……となっており、税込50万円でした。

一見してお高いようですが、それぞれ個別で買うよりもかなりお得です。有名探索用品メーカーのミズモの商品ですので初期不良対応もバッチリです。

受付のお嬢さんにはダンジョン探索を止められましたが、私の基本方針はブレません。私は最高の探索者になります。この想いは譲れません。

けれども今、私が欲しいのは現金です。キャッシュです。お金だけが全てではありませんが、お金がなければ人は安心して生きていけません。懐の暖かさが寛容な心を生むのです。

準備は調えましたし、これでとりあえずダンジョンに挑んでみたいと思います。

もちろん危険なことをするつもりはありません。まあダンジョンに危険はつきもの、油断をしてはいけませんが、私が今回挑むのは埼玉県の端にある、初心者御用達と言われている吉川ゲートです。

ちなみにゲートは数多《あまた》あれど、その先にあるダンジョンと呼ばれている場所は、基本的に地球ではない異世界の地下洞窟内であるとされています。

ダンジョンは移動距離に制限があるため、実際そこが地下であるのかすらも判明しておりませんし、少なくとも異世界の地上に出られた探索者はまだ公式にはいないようですね。

ともあれ、いよいよダンジョン突入です。吉川ゲートの周囲はごっついプレハブみたいな施設で覆われていて、こっそり中に入ったりはできないようになっています。

基本的にゲートというものは、ダンジョン内のどこかにあるゲートクリスタルを破壊することで閉じるそうですが、有益と判断されたゲートは資源回収のための入り口として残されます。この吉川ゲートも民間に開放されている資源ダンジョンのひとつということですね。


『シーカーデバイスの提示をお願いします』

「はい。これです」

『確認いたしました。ありがとうございます。入場の際に、シーカーデバイスのカメラをオンにしてください。録画された映像は探索者の権利と利益を守ります』

探索者がダンジョンに入る際には、支給されたシーカーデバイスをボディカメラにして録画し続けることが義務付けられています。これにより、ダンジョン内での探索者同士の事故やトラブルなどが起きた際の判断材料として採用されますし、偽証不可能なプロテクトがかけられているので裁判の証拠としても有効なのだそうです。

一定距離まで接近した場合のログも残りますので、相手側のデバイスを破壊してもたどり着くことが可能です。

また帰還後に動画を提出することで自己判断ＡＩが高速で解析し、ダンジョン内の情報を収集し、素材の査定や貢献度の追加、場合によっては情報料の支払いもあるわけです。そのため、ダンジョン内での犯罪発生件数は一部例外を除いてほぼ０。だから探索者は基本的にダンジョン内では犯罪を犯しません。むしろ地上の方がトラブルは多いのだとか。

徹底した監視体制により、地上よりもダンジョン内の方が治安が良いというのもおかしな話ですね。

『それでは安全安心を旨に、素晴らしい探索者生活をお楽しみください』

クロスファイアの形で置かれた二台のガトリングガンの付いた門を抜け、いざダンジョンに突入です。

「ほぉ、これは凄いですね」

そしてゲートを抜けた先には、感動の声が自然と出てしまうほどの光景がありました。

今回私がやってきたエリアは水晶窟と呼ばれていて、この空間はいたるところに生えている緑色の水晶から発せられる光に照らされています。基本的にダンジョン内は、ここほどではないにせよ、この水晶があるおかげで地下洞窟の中であっても明るいのですよね。

この結晶は魔力結晶と呼ばれているもので、新世代エネルギーとされている魔力の結晶体です。そして、このダンジョンでの主な収入はその魔力なのです。

とはいえ、この結晶体は抜いてしまうと光を失い、すぐに崩れて消滅します。必要とされるのは魔力が液体化したエーテルが内部に溜まっている水晶だけで、ダンジョンに出没するモンスターとも戦わずに容易に得られるため、駆け出しの探索者の主な収入源となっています。

まあ、入り口周辺で採れるエーテル入りの結晶は採り尽くされていますので、探索者はダンジョンの奥に潜る必要があるわけですが。

一応エーテル入りもこの場から確認はできます。頭上の、人の手が届かない天井付近にはエーテルが溜まった結晶体がまばらにあるんですよ。

魔力に対するシールド処理をしていない機械は基本ダンジョン内で動作はしませんので、重機で採ることもできませんからアレって放置されているんですよね。飛行能力系のスキル持ちならサクッと採れるんでしょうけど、そういう人はもっと良い金策がありますし。

勿体無《もったい》いですね。アレを持って帰るだけで本日のミッションは終了ですのに。

あ、私の空気弾で撃ち落とすというのはどうでしょうか？

この空気弾というのは、先日に室内でやってしまった収納解除で出した空気の弾丸のことです。そこそこの威力があるのは確認済ですし、ちょっと撃ってみますか。そいや！

ヴァンッ
という音が響きました。けれども届いてはいない模様。まあ何十メートルも上にあるわけですし届かなくても仕方がありません。

けれども空気が届かないだけで、例えば飛び出すのが別のものだったらどうでしょう？

今考えついたのですが、ここらに落ちている石を入れて射出してみればいけるのではないでしょうか？　いっちゃいますか？　よし、いっちゃいましょう！

私の収納ゲートの直径は８センチメートル。精々が子供の握り拳程度の大きさです。そう威力が出るものではないでしょうが……

ズガァァアアン
おや、想像以上の破壊力でした。これは人に向けて撃ってはいけないヤツです。天井にクレーターができて結晶がボロボロ落ちてきます。あ、エーテル結晶もありますね。これは必勝パターン見つけちゃいましたか？　割れて溢れているものもありますが、これはなかなかの収入に……

「おい、どこの馬鹿がスキル使いやがったんだ。ゲート付近での戦闘系スキルは使用禁止だぞ。ここを崩落させたいのか！」

はい。ゲートの外からやって来た探索協会の人にメチャクチャ怒られました。ゲート付近での戦闘スキルの使用は原則禁止なんだそうです。崩落の危険があるんだとか。

私のは戦闘スキルでは……という言い訳も虚しく、厳重注意をいただきました。

まあ、それはそうですよね。本当に申し訳ない。


それなりに長く生きていると、昔は気付けなかったことに気付けたりすることもあります。今回はそんな気付きを得られました。それは大人とは子供の頃より案外怒られることが多いということです。

先日は大家さんにもガッツリ叱られましたし、今回もそうです。しかも100パーセント悪いのは私ですので反論の余地がありません。

ハァ……ため息が出てきました。

ともあれ、気を取り直していきましょう。

探索協会の職員さんの言う通り、アレで洞窟が崩落して誰かが埋まって死んだり、自分が埋まって死んだりしては大変ですし、お叱りを受けた程度で済んで良かったと思いましょう。ということで石砲弾（私命名）での乱獲は諦めることにしました。

でもね。私思うんですよ。アイディア自体は悪くなかったのではないかと。つまりもう少し工夫すれば……ということですね。

先ほどの問題は威力が大き過ぎたということです。あの場がダンジョンの入り口ということを踏まえずとも、崩落するような攻撃はＮＧでしょう。ましてや私のステータスは最弱。埋まったら死んでしまいます。

だからひと手間加えることを思いつきました。

要するに威力を抑えれば良いというわけです。

では、どうすれば良いのか。

その答えは、先ほどのように収納ゲートへと入るギリギリのサイズではなく、もっと小さな小石を入れることです。

そこらに転がってるつまめるぐらいの小石をポイポイッと収納空間に入れて、それを射出すると……

ジャガガガガガッ

おお、上手くいきました。

飛び出た無数の石飛礫《いしつぶて》がまるで散弾銃の弾のように散らばって天井の結晶をバラバラと落としていきます。エーテル結晶もちゃんと落ちてますね。うんうん。良い感じです。

ここは入り口からそこそこ距離が離れていますし、人もいないので迷惑にもなりません。崩落についても見た感じは大丈夫そうです。少し崩れても問題はないでしょう。

ふふふ、これは私の時代が来たかもしれませんね。予備の石飛礫も袋に詰めて持ってますし、では収納空間にジャラジャラジャラと……

「グギャァアアア」

「へっ？　うわぁあああああ」

グチャッ
あ、弾込めてる途中で近づいてきた何かを撃ってしまいました。

え？　ええ？　今のって人の形してませんでしたか？　もしかして人を撃ってしまいましたか？

これは大変です。そしてもう手遅れです。目の前には血と肉片まみれのミンチのグチョグチョなものが、ああ、これは……

オエ————————！

…………………

…………

……


はい。気持ちが落ち着くのに時間がかかりましたが私は大丈夫です。

そして近づいてきた人影は人型の魔獣でした。人間じゃありませんでした。良かったです。

頭部の一部が残っておりまして、どう見てもそれは人間よりも犬っぽい形をしておりました。多分これはコボルトという魔獣です。二本足で移動して、個体によっては道具を使って襲ってくる犬に似た魔獣の一種です。

　ということでセーフですね。危ないところでした。

　コボルトは完全にミンチになっておりまして、とてもとてもグロいです。まともに見ることは困難なほどにグロテスクです。

　一応探索者の免許を取る時に、ビデオ講習で人間と魔獣の酷《ひど》い状態の映像も見せられたのですけれども、実物はやはり違いますね。

　魔獣を倒してお金を得るには解体もこなす必要がありますし、いずれは慣れなくてはいけないのでしょうが、今の私にとってはともかくキツいですね。見た目だけではなく、やっぱり臭いの問題も大きいのですよ。

　ピロリン

　あ、レベルが上がりました。

　レベルが上がったことを知らせる音がシーカーデバイスから響いてきました。

　ちなみに魔獣を倒すと経験値が入ってレベルが上がるのが探索者というものですが、なるほど。こういう風に教えてくれるのですね。

　このレベルが上がるというのは、そのままの意味ですね。ゲームのように魔獣を倒して一定以上の経験値を得ると、探索者はレベルが上がります。

最初の頃はリソースを吸収し、階位を上げる……と言っていたらしいのですが、ゲーム的な言い方の方が受け入れやすいだろうということで、現在では経験値とレベルアップと呼ばれるようになったとのこと。分かりやすいというのは大切ですね。

ちなみに魔獣を倒した際に発生する経験値と呼ばれる謎のエネルギーは、覚醒施術で首裏に埋め込んだエクステンドプレートというものに吸収されています。

このエクステンドプレートと呼ばれるものこそが探索者を探索者たらしめているもので、異世界の技術を参考にした人工的な魔力制御器官なのだそうです。

これを埋め込むことで探索者は超人的な力を得られます。もっともオールFステータスの私の身体能力はレベルが上がってもほとんど変化はありませんが、私のスキルはどうやら成長できたようです。

もっともランクFは据え置きです。入り口が直径8センチメートルなのも変わらずで、収納容量も500ミリリットルとまったく変化なし。収納空間には中に入れたものがなんなのかが分かる軽い鑑定機能も備わっていますが、これは収納スキルの基本機能でして特にパワーアップした様子もありません。

では何が成長したのかといえばですね。

ホイ、ホイッと。

どうです？　このようにレベルが上がったことで私は収納ゲートがふたつ、つまりは収納空間をふたつ作れるようになったみたいです。

容量が増えない代わりに数で勝負ということでしょうか。収納スキルとしてはハズレでも、砲身がふたつになって戦力アップというのはとても素晴らしいことだと思います。

「ァオォオオオン」

私がレベルアップの感動に浸っていると、奥の方から咆哮《ほうこう》が聞こえてきました。石散弾での乱獲は音が響きますから、魔獣を近づけやすいのかもしれませんね。

そして警戒する私の視界に入ってきたのはコボルト三匹です。先ほどミンチになったコボルトのお仲間でしょうか。

「グルルル」

コボルトは初心者殺しとも言われる、ある種悪名高い魔獣です。

それほど強くはないのですが、人間に近い姿をしているので、初心探索者が殺したことにトラウマを抱えてリタイアするケースが後を絶たないのだとか。

「グルッ」「ウォンッ」「フッフッ」

彼らは私を獲物と定めたのか、あっという間に近づいてきましたが、途中で足を止めました。あ、地面に転がっている元お仲間のミンチを見てしまったのですね。それは警戒もしますか。

彼らは探索者ではない一般人でも倒せる程度の強さとは言われていますが、それでも私が生身で戦ったら一対一でも負ける自信があります。これまでの三十五年の安穏とした日々を送ってきた私の弱さを私は過信してはおりません。

ただ私もね、考えなしでここまで来たわけではないのです。彼ら相手ならば空気弾があれば対処は可能だろうという見込みがあってやってきたのです。さらに言えば、今の私はもっと効果的な攻撃手段をも手に入れたのです。

彼らが様子を見ている間に、こうして冷静にじゃらららーと小石を収納空間に詰めまして、ジリジリと距離を詰めてくるコボルトを引きつけて、引きつけて……

「アオーーーン」

近づいたところを石散弾でハイ、ドーン！

ね？　簡単で……

グチャ、グチャ、グチャリ
オエーーーーー!!

………………

…………

……

ミンチはね。キツいですね。臭いも酷い。

コボルトから手に入る唯一の収入源、魔獣のコア『魔石』も粉々です。これでは殺し損です。私

の胃袋の中身も出てしまったので、むしろマイナスと言えるのかもしれません。

今日のランチはすべて酸っぱいモンジャになってダンジョンのご飯に変わりました。

ノーミンチ。ノーミート。次はもっと綺麗に殺せるように頑張りましょう。

その後、帰りにも二体の群れと三体の群れに襲われましたが、その際は石散弾ではなく中くらいの石を入れた石銃弾（私命名です）で撃ったら体に穴が開く程度に留《とど》まったので、まあこれぐらいならって感じで仕留められました。最初がスプラッタ過ぎただけで耐性がつけばとなんとかなりそうです。

ちなみにレベルはさらに上がって4となり、収納空間も四つ作れるようになりました。このままレベルと共に作れる数が増えていく感じなのでしょうか。

ゲートの外に出ると、最初に説教をいただきました職員の方に出くわしました。危険なのでもうやらないようにと改めて言われました。最悪、外のガトリングガンがスタンピードやテロと勘違いして撃ってくることもあるそうです。なるほど。私がミンチになる未来もあったということですか。怖いですね。

あ、それでも収納ゲートを盾にして防げれば死なないかもしれません。試してみたくはありますが、多分試したら逮捕でしょう。探索者の犯罪は覚醒施術を受けていない一般人のものよりも厳しく取り締まられますので、注意しないといけません。探索者という名の改造人間である私は、もはや一種の兵器のようなものなのですから。

それでは続けて換金のお時間です。

ゲートのある門を出て、出口方面の通路を抜けて行きますと、そこそこ広い個室に案内されました。

そこには査定台と呼ばれる装置があり、ダンジョン内で手に入れたものを乗せると機械がスキャンして素材を判定し、査定ＡＩが換金額を算出してくれるのです。

ユニシロの自動レジみたいなものでしょうか。技術の進歩は恐ろしいですね。

またシーカーデバイスの情報も同時にアップロードされます。映像などを含む記録された情報を高速でＡＩが判定して査定の判断や違法行為がないかの確認も行うとのこと。ダンジョン内の犯罪が少ない理由のひとつですね。言い争いがあってもＡＩがジャッジしますし、文章に起こして裁判の資料として利用することもできるのだそうですよ。

今回私が手に入れたのは、二十のエーテル結晶とコボルトの魔石五つです。

コボルトから取れる素材はコアである魔石だけです。コボルトなんだから言い伝えの通りにコバルトとかドロップしてくれれば……なんて思ってしまいますが、魔獣の名前は発見者がつけているだけで、伝承などの存在とは全く関係ないのだとか。

『査定完了しました。大貫様からお預かりした品の換金額は、エーテル結晶内のエーテル総量で１８７００円、魔石はおひとつ１５００円ですので、合計で２６２００円のお渡しとなります。こちらでよろしいでしょうか？』

これが三時間程度の労働で得たものと考えるならば、かなりよろしいのではないでしょうか。

「問題ありません。振り込みでお願いします」

ふふふ、最初の探索で2万円以上も稼いでしまいました。

帰りに焼き肉でも……は、止めておきましょうか。肉は今日の記憶が薄まってから食べることといたしましょう。

ともあれ、ひとまずは探索者として生計を立てていく目処《めど》がついた気がしますね。ただ魔獣と戦うのは精神的に疲れます。生き物を殺すっていうのは、その後の処理も含めて想像以上にキツいです。

しかし、ここをクリアできないと探索者を続けていけないのも事実。であれば乗り越えてみせましょう。

私は最高の探索者となるのです。こんなところで止まってはいられません。

クモクモバンバン

乗り越えました。

探索初日の翌朝は肉巻きおにぎり、昼は士口野屋の牛丼玉《ギョク》入り、夜はカルビとご飯に牛モツラーメンと段階を踏まえて肉料理に挑みました。拒否反応もなく、無事乗り越えられたようです。お肉はとても美味しいです。私は案外探索者に向いているのかもしれません。

とはいえ、今後石散弾でナマモノを撃つのはなるべく止めておきましょう。今は四回も撃てるのですから石銃弾や空気弾で対処していきたいと思います。

また今回は水を入れた収納空間も用意しました。

魔獣を倒す際、空気弾ならあまり傷つけずに倒せるのではないか……とも思ったのですが、空気弾は接近しないと威力がかなり減衰されるのですよね。だから水を弾丸にすれば、離れた距離からでも傷つけずに倒せるのではないかと考えたのです。

それとこんなものも用意してみました。直径8センチメートル以下の短い木の棒をDIYして取り付けた板をふたつです。以前自転車のサドルを収納ゲートに挿して空中に固定できていたことを思い出して作ったものです。

先日の反省を踏まえて、今回はもっとスマートにエーテル結晶を手に入る予定なのですよね。それでは二日ぶりの吉川ゲートからダンジョンに入りましょう。

『それでは安全安心を旨に、素晴らしい探索者生活をお楽しみください』

入りました。

今回は一昨日よりは入り口に近い場所での採掘といたしましょう。前回は不意を突かれて接近を許してしまいました。集中力を切らすのはとても怖いことです。私はソロですし、不意を突かれぬように対策をしないといけません。

その一番の手段は仲間を作ることなのですが、パーティマッチングアプリで募集をしても受付のお嬢さんから言われた通り、私のステータスとスキルではまともな方とマッチングすることはないでしょう。収納の砲撃も説明が難しいですし、何より年齢がネックです。低レベル帯の探索者は基本若者なのです。齢《よわい》三十を超えた中年なんて誰も選んではくれません。

エーテルで動くサーチドローンなんてのもありますが、アレも一台最低50万円はします。ダンジョン内で使う機械には特殊な処理が必要なので、その分値段も上がるのです。お金で解決できるのであればこのサーチドローンも視野に入りますが、今すぐに手を出せません。

そのほかにはテイムという手段もありますね。魔獣を手懐《てなず》けて仲間にするのです。スキルと紐付けされるものらしく、スキルをひとつ持っている私は理論上魔獣を一体テイムできるはずです。ランクFだからどの程度の魔獣がテイムできるのかは分かりませんけどね。

ともあれ、今は皮算用をしている場合ではなく、収穫の時です。

ひとまず奥へ奥へと進んでいくと、ある程度開けていて、天井付近にエーテル結晶がいくつも生えているエリアにたどり着きました。

このエーテル結晶というのはそこそこの頻度で発生するので、水晶窟内を数時間探索していればひとり5、6個は手に入るそうです。

とはいえ、手の届かないような天井に生えてるものまでは普通の探索者では対応できないので、綺麗に残されています。私の狙いはそういう誰も採れない高いところにあるエーテル結晶です。前回は石散弾で落としましたが、欠けて中身がこぼれていたものも多かったですし、音でコボルトを呼び寄せてもいたようなので、今回は直接登って手に入れてみようと思います。

つまりは収納ゲートを足がかりに天井付近まで登って、収納ゲートを空中に固定した後、持ってきた足つき板を挿してそこに座り、エーテル結晶を抜いて収穫していく……という感じですね。

どうです？　こうすれば私のようなおじさんでも楽々取れるんですよ。

ね、簡単でしょ？

「それ、どうやってるんですかー？」

「スキルですねー」

「そうなんですか。いいですねー」

私がエーテル結晶を採っていると、足下を何人かの探索者が通り過ぎ、また声をかけてくる人も時々いました。

現在の私は空中に固定したゲートに一本足の台を挿して座り、もうひとつの板も並べて少しずつ移動しながらエーテル結晶を一本一本丁寧に収穫しています。

具体的に言うとトングで水晶を固定し、鉈で根本を折って回収している感じですね。石散弾だと割れて売れなくなったエーテル結晶が結構ありましたが、これなら綺麗に回収できます。

一時間半ですでにバックパックには40個のエーテル結晶が入っています。一応採るエーテル結晶も、魔力の内蔵量が多そうなのを選んでますので、前回よりも量・質ともに良いはずです。

バックパックも重くなってきたのでそろそろ帰ろうかと思うのですが……

「う、うわぁあああ」

おや、洞窟の奥から悲鳴が聞こえてきました。

あれは先ほど声をかけてきた探索者さんたちですね。全員無事のようですが、何かから逃げているようです。

どうやら上にいる私のことは気付いていない模様。さっきとは場所も変わってますしね。必死な顔をして入り口の方へと走っていきました。

その後、すぐに四匹のコボルトの群れが来たのですが、そちらも私には気づいておらず、先ほどの探索者さんを追って通り過ぎようとしています。つまりはチャンスです。

このまま追っていって先ほどの探索者さんが殺されても後味は悪いですので、始末してしまいましょう。

「グッ、ウォン!?」

走っているコボルトに狙いを定めるのは難しいので、石散弾のシャワーを浴びせます。ナマモノにはなるべく使わないようにする。そんなことを遠い昔に言った気もしましたが、もう忘れました。距離をとって直視しなければ良いだけのことです。

うん。二体は頭が吹き飛んで死んだようですね。そして残り一体は右肩がグズグズになり、もう虫の息です。

私は最後の一体に水弾を撃ちましたが、どうやら仕留めるには至らず、吹き飛んで壁に激突しました。

今私がいる場所は地面から20メートルくらいはありますからね。

ある程度距離を詰めないと水弾で倒し切るのは難しいということでしょう。これなら弾は石オンリーで良さそうです。

最後は石銃弾で倒しました。

そして採掘もここで終わりにしてエーテル結晶40個とコボルトの魔石3個（1個は砕けてまし

た）を以て本日は業務終了。結果は約5万円の成果です。

二時間程度の労働でこれなら、初心探索者としてはかなり優秀と言えるんじゃないでしょうか。

日給換算でもう前職の稼ぎを超えています。

ちなみに逃げていった探索者パーティは出口でぐったりしていました。無事で良かったですね。


前回のコボルト戦の後、実はレベルが上がっておりました。

レベル5になったのです。

そして今回も生成できる収納空間がひとつ増えたのですが、この収納空間がどうやら時間遅延の機能がついているようなのです。

時間遅延とは収納スキル持ちが成長すると得られる収納空間の機能のひとつですが、どうやらランクFの収納スキルでも得られるもののようですね。ちなみに時間遅延付きの収納空間はひとつしか作れません。他の四つは通常の収納空間のようです。

もっとも、今のところこの能力の使い道は思いつきません。生活する上ではそこそこ使えそうな気もするのですが、ダンジョンでの活用となると難しいです。とりあえずは熱々のコーヒーでも入れて魔法瓶代わりにでもしようかなとは思っていますが。

場合によっては熱々のソレを射出すれば、それなりに魔獣にダメージを与えられるかもしれません。まあコーヒー程度では大したダメージにはならないかもしれませんが、熱した油とか溶岩とかなら効果もあるかもしれませんね。

　ともあれ、今私が悩んでいるのは時間遅延機能の使い道ではなく、今後の活動をどうするかということです。

　当初ランクF収納スキルにステータスオールFと、公式に最弱であることを告げられた私ですので、最高の探索者を目指すどころか探索者を続けていくこと自体が無理なのでは……とも思っていたのですが、いざやってみると一度の探索で５万円は稼げることが判明いたしました。天井のエーテル結晶は基本的には採る人間も少ないのでエーテルの価値が暴落でもしない限りは収入が減ることはないでしょう。

　と同時に、それ以上の稼ぎが難しいというのも分かりました。

　問題なのは私が持ち運べる量が限られているということです。持ち運べる量が限られている以上、これ以上の儲《もう》けは厳しいのですね。

　まあ一ヶ月二十日でも月１００万円は稼げるわけで前職の月収は超えておりますがね。というか一日二時間で計算していますが、午前と午後の二回行くことにすれば２００万円です。

　つまり週休二日の一日四時間労働で年間２４００万円の計算です。

　アレ、これってもう勝ち組なのでは？


…………

……

いけません。人生アガリになるところでした。

初志貫徹。私は最高の探索者を目指すのです。

けれどこれ以上を望むなら回収素材の単価を上げるか、仲間を増やして回収効率をあげるかという話になります。

ただ仲間を集めることは私には難しそうですし、ここはひとつあの方に相談に乗ってもらおうかと思います。

「ということなのですけれども、どうですかね沢木《さわき》さん」

「いや、どうって……大貫さん、上手くいってたんですね。え、本当に？」

現在私がいるのは埼玉県の探索協会支部です。

私の目の前には私の担当である沢木さんがいます。今回、私は彼女に今後についての相談をしに来たのです。

はい。私に探索者が向いていないと言ってくれた方ですね。まあ私の表向きの情報だけを見ればその返答も当然ではあるのでそれは良いのです。

探索協会はライセンスを得た探索者に対して担当者をつけてくれて、こういう悩み相談なども請け負ってくれるのですね。

だから私にも何か良いアドバイスをいただけると嬉しいのですが。

「履歴を拝見させていただきましたがソロのままで一度目の探索で２６２００円、二度目には５０４１０円の収益ですか。本当にやれているんですね。エーテル結晶メインならたまたまという可能性もありますが……いえ、コボルトも倒しているとなるとそういうことでもない。どうやら節穴だったのは私の目の方だったようです」

沢木さんがそう言って私に頭を下げてくださいました。沢木さんは確かに探索者を諦めることを勧めてはきましたが、意地悪で言っていたわけではなく、私の安全を考えての言葉だったはずです。だから私が怒る理由はございません。

「いえいえ。私の能力的には当然のお言葉だったと思いますよ。こうして稼げているのは役立たずだと思ってたスキルが思いのほか便利だっただけです」

レベルが上がった今でも、自分の拳でコボルトと戦えと言われたら一方的に殴り殺されてしまう自信があります。購入した槍だって一回も使っていませんし、鉈も戦闘以外にしか使用していません。

収納スキルなしでの近接戦など私には無理でしょうから……いや、近接戦ですか。手のひらに収納ゲートを出して空気弾を撃てば、気功使いの掌底のように扱えるかもしれませんね。ふむ、ちょっとカッコいいかもしれません。

「大貫さんの収納スキルですか。収納解除でコボルトを即死させられる威力の石を飛ばせる上に、収納ゲートが硬くて、それを足場にして高所も移動できると。収納スキルの存在強度が高いとそんなことも可能なんですね」

「あの、同じように存在強度の高い収納スキル持ちの方なら同様のことができるのではないですか?」

　私の問いに、沢木さんが困った顔で首を横に振りました。

「公的な記録においては、収納スキルの存在強度が高いことで起こるのは、収納能力の固定化と収納ゲートの硬度が高まることのみとされています。人が乗れるほど収納ゲートが硬くなることも、解除した際高威力で内部のものを射出できるという記録もありません」

　沢木さんがそう説明してくれました。つまりオープンになっている情報の限りでは、私のように収納スキルを扱える方はいないということですか。

「けれども大貫さんのいう通りの能力であれば、吉川ゲートの水晶窟でなら効率よく収入を得ることが可能でしょう。実際、この記録から考えれば、当面はこのまま続けていた方が良いと思いますが」

「確かにそうなのですが、ちょっと自分のスキルが楽しくなってきまして。己がどれぐらいやれるのかを試してみたいといいますか……」

　自分でも子供みたいなことを言っている自覚はあります。ですがルーティンで作業をこなして稼ぐだけの生活では前職と変わりません。まだ人に言えるほどのものではないにせよ、私は最高の探索者を目指している身です。止まってはいられないのですよ。

　そんな私の言葉に少しだけ呆《あき》れた顔をした沢木さんですが、それでも彼女は面白い提案をしてくれました。それは『遺跡の探索』です。

なんでも吉川ゲートの水晶窟の奥には、あちらの世界の人間が使っていたと思われる遺跡があるそうなのです。それは確かに面白そうな話ですね。


沢木さんのアドバイスは、吉川ゲートでエーテル結晶の採掘をしつつ、慣れてきたら少し奥に存在する遺跡の探索をしてみてはどうか……というものでした。

遺跡とはダンジョン内に存在する、異世界人が造ったと思われる建造物のことです。

思われるというのは、現時点でも実際に遺跡を造った異世界人との遭遇がないからです。白骨死体は見つかっていて、我々とかなり近しい生命体であるのは間違いなく、エクステンドプレートも彼らの生態を研究した過程で発見された技術とのことです。

つまり異世界人とは我々探索者と同じくスキルが使えたり、高い身体能力を持っている可能性がある……ということなのですが、いまだに見つかっていないためにすでに滅亡しているか、ダンジョンの外に移動したのではないかと考えられているようですね。

そして遺跡内では、かつて彼らが使用していたのであろう魔法具が時折発見されることがあり、戦闘や探索で使えるものはダンジョンタウンやオークションなどで購入することも可能です。

当然のことながら発見された遺跡の調査は大体終わっていますし、その後も探索者が調べ尽くしてはいます。しかし私のように高所にも移動できる力があれば取りこぼしを得られる可能性もあるのでは……ということでした。

ついでに魔獣の生息も確認できていないため、道中はともかく、内部の探索はそれなりに安全ではあるだろうとのこと。

ちなみにパーティを組むことについては別の理由で難しくなったかもしれない……とも言われました。

表向きの同レベル帯でのマッチングは基本的に現在の私の公開データでは受け入れられる可能性は低く、またパーティが組めたとしても、私の方が寄生される側になりかねないのだとか。

確かにパーティを組んでも天井のエーテル水晶を採るのは私しかできないですし、他のメンバーどうするんだという話にはなりますね。

運び屋《ポーター》を雇うのも無理だそうです。収納スキル持ち同士は干渉しあうため、ひとつのパーティにふたりは入れられません。

特に存在強度が高い収納スキル持ちの私のそばでは、他の収納スキル持ちはスキルが発動できない可能性が高いとのことでした。ますます他のパーティに加わるのが難しいですね、私。

ある程度の実績が積めれば、見合った実力のパーティの紹介もできるとの話なのでとりあえずパーティ関連は保留としました。最高の探索者を望む以上はパーティにも妥協はしたくありません。

いずれ考えることといたしましょう。

そんなわけで探索協会埼玉支部の事務所に赴いた翌日、私は再び吉川ゲートからダンジョンへと入ったのです。

『それでは安全安心を旨に、素晴らしい探索者生活をお楽しみください』

「グル―――」

「セイヤッ」

早速遭遇したコボルトに空気弾を撃つと勢いよく吹っ飛んでいきました。

放った距離は2メートル手前と言ったところですが、十分に威力はありますね。

口から血を吐いてますし、無事死んでいる模様。その後の魔石回収のための解体も手慣れたものではないので、……というわけではなく、鉈を振るって頑張って抉《えぐ》り出します。まあ慣れないといけないのでしょうけど、この魔石1500円なのですよね。倒して回収する手間を考えると、見合った価格ではない気がします。回収用の道具もありますが、結構な力技のためにパワーのない私では扱えません。

「ウゥウ―――」

「ソイヤッ」

続けてやってきたコボルトには水弾を撃ちましたが、こっちも勢いよく吹っ飛びました。

同じく2メートルくらい離れて撃ったのですが、倒れたコボルトを見ると撃たれた胸の辺りがボコっとへこんでます。もちろん死んでますし、多分中の魔石も砕けてますね、これ。

まあ1500円なら諦めもつきますが水弾ではオーバーキルのようです。コボルトクラスなら空気弾で十分ということなのでしょう。

その後も目的の場所にたどり着くまでに、二度ほどコボルトと遭遇しました。ちなみにこんな水晶しかない場所にコボルトがなぜいるのかというと、彼らもここにエーテル結晶を狙ってやってきているそうで、住処は別のところにあるのだとか。

なので時々エーテル結晶を持って歩いている個体もいるらしいですね。人間を襲うのは貴重なタンパク質だからだそうですよ。なるほど。

ともあれそんな彼らを倒して魔石を回収し、みっちりエーテルが溜まっているエーテル結晶も道中に四つほど発見したのでそれも回収。

そして地図に沿って進んでいくと崖があり、その先に遺跡が確かにありました。

そばに橋がありますが途中で崩れてます。以前に調査隊が土魔法で作った橋だそうですが、真ん中から崩壊しているのは経年劣化したためでしょうか。危険と書かれた看板がその場に置かれています。

まあ私は収納ゲートを足場にして、おっかなびっくりではありますが通り抜けてしまいますけどね。

向こう岸に到着しましたので、いざ遺跡探索です。

少し調べてみたのですが、こうした遺跡はダンジョン内にいくつも存在しているそうです。そして、それらは調査隊や一般探索者によって探索され尽くしているかと思えば、必ずしもそういうわけではないのだとか。

ゲートは遺跡の近くに開くことが多いようで、発見された遺跡の数も結構あるのですね。

ひと通り探索してある程度の結果が出たら、調査隊もサクッと完了報告をして別の遺跡に向かうそうで、それは金目のものを手に入れてさっさと撤収してるということなのでしょうかね。それとも一般人には知られていない、回収しないといけない何かでもあるのか。

そのうち、ピラミッドの例のように盗掘品の所有権問題が異世界人との間で発生しそうですが、今の私にはまだ探索する余地があるということの方が重要です。

しかも私は沢木さんからとある情報を得ています。それは遺跡の中に入り、その先を進んだ先の広間……の上に『とあるもの』があるという情報です。

たどり着いた遺跡内部の広間は広く、天井もずいぶんと高いです。

調査隊もこの場をキャンプ地としていたそうですが、彼らが引き上げた後に一般探索者がやってきて、広間の天井付近の壁に人が入れそうな穴を見つけたとのことなんですよ。で、今のところ、その穴の向こう側の探索報告は出てきていないと。

なるほど。見上げてみると確かにありますね。30メートルは上でしょうか。

探索者の身体能力でも登るのには一苦労ですし、飛行スキル持ちは少ないそうです。

であれば、その穴への侵入は私が一番乗りという可能性もあるわけで……はい。登りまして、穴に入りました。

見た感じ、誰かが入った跡はないのですが……この穴は恐らく、一種のパイプが外れて露出したもので、通路ではないですよね。よく見ると広間にそれっぽい中身のない柱が転がってますし。

となるとこの穴と広間の反対側の壁にももしかして……ああ、ありました。瓦礫《がれき》があって、下からだと見えなかった穴がもうひとつ見つかりましたよ。

恐らく二つの穴は落ちているパイプで繋がって、何かを流していたのでしょう。

だとすればあちらの穴は遺跡内部に、こちらの穴は外に通じているはず。

となれば……ふむ。まあ、まずは最初に発見した外に通じていそうな穴に入ってみましょうか。

面白いものが見つかると良いのですけれども。


パイプの中は真っ暗で、シーカーデバイスのライトに照らされている先もずっと暗闇で奥が見えません。

恐らくではありますが、このパイプはあの遺跡で造られたエーテルを送るためのものだったのでしょう。

実はダンジョン内で発見された遺跡の多くは、魔力をエーテル化して各地に送っていた施設……という説が有力なのだそうです。エーテルは液体ですし、発電所というよりかは油田プラントに近い感じでしょうか。この辺りは魔力結晶が多く生えているので、魔力が溢れている場所なのでしょう。

まあ、だったらこのパイプの先にまで行ってみれば、異世界人が住んでいる……或《ある》いは住んでいた都市にたどり着けそうなものですが、残念ながらそれは不可能です。

どうも地球からはゲートから一定以上の距離、存在境界線と呼ばれているラインより先へは進めないようなのです。

そのため、未だ人類はダンジョンの外に出れず、本当にこの場が地下なのか、実はまったく未知の場所なのかもよく分かっていない……というのが現状です。

そんな遺跡内の大型パイプの中をシーカーデバイスのライトの灯りだけで進む私。魔獣とも遭遇しませんし、一本道なので特に迷うこともありませんが、一時間を経過したところでシーカーデバイスが存在境界線を感知して警告音を発してきました。

存在境界線は視認できませんが、越えてしまうとあちらの世界から異物と認識されてゲートの外に排出されてしまうそうです。その際には、死にはしないものの酷いダメージを受けて、しばらくはダンジョンに入れなくなるのだとか。

そんなわけでこの先には行けません。私の冒険はここまでのようです。

けれども引き返す前にちょっと試してみたいことがありまして……実はパイプの一部がひび割れていて外が見えていたんです。となるとそこから出れるのでは？　という好奇心が私の中で溢れ出てきました。

なので、ちょっと崩せるか試してみますね。

ガシャンッ　ガシャンッ　ガシャンッ

至近距離で空気弾を三回ぶつけてようやく崩れました。恐らくはヒビ割れた箇所から経年劣化が進んでいたのでしょう。崩れていない箇所を破壊する場合には結構手間がかかりそうです。

それにしても、手のひらから放った空気弾は、どことなく気功の発勁のように見えて格好良い気がします。まあ一般人のスペックしかない私が接近戦なんて怖くてできませんのでネタ芸ですけどね。

開いた穴の先はやっぱり魔力結晶の生えている洞窟でした。

恐らく人の手の届いていない場所なのでしょう。貯蔵量が多そうな太いエーテル結晶がいくつも生えてます。

しかもそのエーテル結晶内に何かが浮いているのもありますね。なんでしょう、これ。

ええと、シーカーデバイスのカメラに映して検索……と。

なるほど。マナジュエルというのですね。エーテル結晶が使い捨て電池だとすれば、こちらは充電式電池のように使えるそうです。しかも大気中の魔力を吸収して溜め込むので自動充電です。

見たところ全部で五つありますね。ひとつ……売ると50万円？　買うと１２０万ですか。うーん、2個は売ってサーチドローンを買って、他は取っておきましょうか。回収。回収。他にもありませんかねー……ん？

奥から何か……ガサガサガサガサと近づいてきます。

アレは……蜘蛛《くも》？　でかい??　しかも多い？？？

「ヒィヤァアアアア」

いけません。年甲斐もなく悲鳴をあげてしまいました。

けれども仕方のないことだとは思いませんか。子犬サイズの蜘蛛の大群がこちらに向かってガサガサと近づいてきているのですよ。アレは駄目です。本当にいけません。パイプの中まで逃げて、ともかく逃げましょう。

幸い糸を飛ばしてくるようなタイプではないようですが、速いですね。いえ、私の方が遅いというべきでしょう。一般的な探索者のスペックなら逃げ切れているのかもしれません。

このまま逃げ続けても追いつかれてしまいますので、方針転換です。とりあえず近づいてきたのだけでも迎撃しようと思います。

今の収納空間のストックは石砲弾1、石散弾1、空気弾2に熱々コーヒー弾1となっています。ちなみに熱々コーヒーは時間遅延の検証用ですね。ともあれ、まずはあのまとまったところに石砲弾をぶち込みます。

「ビギィイイイイ」

おお、十体ほど貫通して吹き飛ばしました。

続けて石散弾を撃ちましたが、新たにやってきた群れが紫の血を散らしながら倒れていきます。

こちらも成功ですね。

そして撃った分の収納空間を再構築。

今の戦闘で2レベル上がったのでさらに2個、全部で7個の収納空間が作れるようになりました。

それでは構築、構築。続けてポリ袋に詰めておいた小石をジャラーッと。

うわ、転げそうに……は持ち堪えましたけど、入れてる途中でポリ袋を落としました。最悪です。

って、ウワッ。近い。蜘蛛たちがもう目の前にいますね。

となれば石散弾（半分）に空気弾。空気弾。空気弾。空気弾。空気弾。空気弾。

良し、近づいてきた蜘蛛は全て潰しました。このままパイプの中に逃げ込んで……あ、パイプの穴の前に回り込んでる蜘蛛がいます。しかも他の蜘蛛よりもかなり大きいです。まるで熊のような大きさですね。収納空間の再構築は……この距離では間に合わない。なら熱々コーヒー弾を撃ちます。発射！

「ピィギィイイイイイ……イ……イ………イ……イ」

おや？　コーヒー弾が当たった大蜘蛛の動きが鈍くなりました？　これはどういうことでしょう。大蜘蛛がゆっくりと暴れています。いえ、違いますね。他の蜘蛛の動きも遅く、私だけがいつも通りに動けているようです。ともかく大蜘蛛を避けて急いでパイプの中に逃げますよ。

「ギィイイ」

あ、元に戻りました。熱々コーヒー弾を撃って十秒が経過したぐらいでしょうか。熱々コーヒーをかけられた大蜘蛛が悶《もだ》えています。ともあれ時間は稼げましたし、私はもうパイプの中に入っています。これで最悪取り囲まれる心配はなくなりました。

しかし、今の現象は一体なんなのでしょう？

原因は熱々コーヒー……ではなく、収納空間に付与されていた時間遅延なのではないかと思います。収納解除したことで空気弾の空気のように時間遅延の効果が外に排出された……とでもいうのでしょうか。そんな感覚でした。私が遅くならなかったのは、そもそも時間遅延の収納内に手を入れても私自身に時間遅延はかかりませんから、そういう仕様だということなのでしょう。

「ピギィイイイイ」

大蜘蛛が怒ってますね。恐ろしい。パイプの中に大蜘蛛と蜘蛛が次々と入り込んできています。

けれどもこちらももう準備はできています。すでに七つの収納空間の再構築は完了。時間遅延付きのものも並べています。そして小石袋は落としましたが石砲弾用の石もありますのでそれぞれに入れまして……まずは時間遅延の収納空間を解除。

「ピィギィ……ィ……イ……イ……イ」

なるほど。やっぱりそうですね。私以外の時間が遅くなっている。その効果は先ほどの体感的には十秒といったところ。なので効果が切れる前に狙いを定めます。

パイプは直線。ならば正面に向けて撃つ分にはパイプを破壊することはないはず。どこかで曲がっていたらごめんなさいですねえ。チョンチョンチョンチョンチョンと。6個全てのゲートを固定。

そして一気に……

「収納解除！」

直後、一斉に放たれた六つの石砲弾が大蜘蛛たちを貫いていきます。大蜘蛛はもちろん、一緒に入ってきた蜘蛛もまとめて薙《な》ぎ払われていきます。

これは圧巻ですね。千切れた肉片が宙を舞う姿もスローリー。子蜘蛛が何体かは逃れたので空気弾で仕留めておきます。最後の一匹を倒したところで時間が元に戻りました。ギリギリでしたね。

それと今のでレベルがさらに2上がりまして今のレベルは9となりました。

収納空間はさらに2個、計9個作れるようになったみたいです。

魔石も回収したいのですが……うわ、蜘蛛の増援が来てますね。バラバラになった大蜘蛛の魔石は露出しているのでソレだけ採ったらさっさと逃げましょう。

放置した魔石は勿体無いし、残りの蜘蛛も倒せそうな気はするんですけどね。けれども今の方針は命を大事にです。疲れましたし、もう帰ります。

本日の業務はこれにて終了。それでは。

バーサスレッサーパンダ

エーテル結晶（大）4、コボルト魔石2、マナジュエル5、大蜘蛛魔石1。

無事に元の世界に戻ってきた私の今回の成果がこれです。

大蜘蛛はメガマナタラント、小蜘蛛はマナタラントという魔獣だそうで、魔力結晶のそばでエーテルを喰らいながら生きている魔獣なんだとか。吉川ゲートでも奥地の方では何度か確認されていて、初心探索者は近づかないようにとの警告が入り口前に貼ってありました。なるほど、すっかり見逃していましたね。

まあ、蜘蛛たちがあの数で攻めてきたら対抗手段のない探索者では対処は厳しいでしょう。上手く嵌《は》められれば経験値の肥やしになりそうなのですが。

ともあれ、私は予定通りにマナジュエルをふたつ売却し、残り三つは自分で利用するためにキープしました。

マナジュエルは使えば消費されるマナバッテリーと違って、大気中の魔力を吸って自動チャージするので、これがあればマナバッテリーを使用する機器のエネルギーコストを実質ゼロで利用できるわけです。

そして今回得た稼ぎは１０５万円。

１００万円がマナジュエルで、４万円がメガマナタラントの魔石で、残りがエーテル結晶（大）とコボルトの魔石です。マナジュエルの恩恵がとても大きいですね。

ちなみにマナジュエルは長い年月をかけてエーテル結晶の中で生まれるので、一度採ってしまうと再度その場での発生は数百年かかるそうです。そういう貴重なものなのでお高いのだそうな。

『大貫様。今回、提出していただいた記録内に新規の採掘場の情報がありましたが、公開いたしますか？』

「いいえ。非公開でお願いいいたします」

『承知しました。マナタラントの新規の生息域情報については公示いたしますのでご了承ください』

ただいまのＡＩからの問い合わせですが、これは提出したシーカーデバイスの記録をＡＩが解析した際に有用な情報があると探索者に問い合わせをすることがあるそうです。今回のパイプ先の情報がそれに当たったようですね。公開する場合には有償か無償かを選べるのだとか。あそこはひとまず私だけの稼ぎどころにするつもりですし、しばらくは手放しません。

　ちなみにシーカーデバイスで録画した映像のＡＩ解析は、基本的にはプライバシーを守る形で運用されるようになっています。だから勝手に情報が漏れることはありませんが、魔獣の大量発生の危険があれば情報はすぐさま公開されますし、国家安全に関わるような内容だと協会の上層部に通知されてお話し合いが発生するそうです。怖いですね。

　ともあれ今回は反省もありました。やはり魔獣の接近は恐ろしいということです。あの数の蜘蛛に気づくことなく接近されていたら普通に殺されていたでしょうし、仲間のいない現状ではやはり魔獣感知用のサーチドローンを買っておくべきだと痛感いたしました。

　高額ではありますが、特にソロではアレがあるのとないのとでは安全性に大きな差が出ます。何しろサーチドローンは所有者の頭上を飛んで３６０度を見張ってくれるので、基本的に死角がないのです。私は今回サーチドローンを買えるだけのお金を手にしましたし、エーテル結晶を売却し続けることで今後も問題なく金銭を得られるはずです。

　であれば善は急げでしょう。私はサーチドローンを買うことにしました。

　インターネットで購入することも可能ですが、こういうものはやはり実物を見て決めたいですし、明日にでも探索者御用達のショッピングモールダンジョンタウンに行ってみようと思います。

ダンジョンタウン。

それは探索者のための商品を取り扱う総合ショッピングモールです。危険物も多いし、暴れられても対処しやすいように一箇所にまとめられた……という現実的な理由もあるそうですが、探索者としては一箇所で必要なものが買い揃えられるので非常に便利な施設であると言えるでしょう。

私の探索者ビギナーズキットもここで購入したものです。色々と目移りしてしまいますが今回は購入するものが決まっています。そんなわけで寄り道はせずに目的の迷宮機巧屋というお店に入りました。

「いらっしゃいませー」

入ってすぐ店員さんに挨拶をもらった私が足を運ぶのはサーチドローンコーナー……ではなく、一通りの冷やかしです。

ダンジョン内で動く機械は、基本的に魔力対策のためのシールド処理をしないといけないのでお高いのですが、命がかかっていますので有益なものがあれば購入したいのですよね。

例えばこの首のない馬か牛みたいなロボットとか。ダンジョンのような段差や凹凸のある場所でも転ばずに追従してくれて、30キログラムまでの荷物が乗せられる優れものです。値段は２００万円。昔は１０００万円を超えてたそうなので、これでもずいぶんとお安くはなったのでしょう。

少し進んだ先に陳列されているのは、私が購入しようとしているサーチドローンのセンサーカメラだけのバージョンです。３６０度対応の複合センサーで、ヘルメットの上に付けて使うものなのだとか。

最初はサーチドローンとどちらを買おうかと悩みましたが、重量も多少ありますし、動きが鈍りそうなので諦めました。首が疲れそうですし。

ステータスがオールFではなく、もっとパワーがあれば違ったのでしょうけれどもね。

「お客さま、商品をお探しでしょうか？」

そして冷やかしもそろそろというところで店員さんが声をかけてきてくれました。ちょうど良いタイミングです。

「はい。実はサーチドローンを購入したいと思っていまして。こちらのヘルメットにつけるタイプも良いのですが、距離をとって俯瞰《ふかん》してみてくれる方が便利かなぁと」

「そうですね。ヘルメット付きはお客さまの目線に近い範囲でしか見れませんから、ドローンの方が全体を捉えやすいものだと伺っております」

「なるほど。私は今、ソロで探索をしておりますので魔獣の接近が怖いのですよね。なので、なるべく精度の高いものが欲しいのですが」

「ソロ探索者ですか。であれば……そうですね。選択肢自体はそう多くはありませんよ。現状で性能を求めるならＤＱＩかパラッパーのハイエンド機がお薦めになります」

「どちらも聞いたことがあるメーカーですね。予算は１００万円内なのですが、問題ありませんか？」

「はい。ご予算内で十分に収まりますよ。それではこちらのカタログからご説明いたしますね」

それから店員さんの説明に合わせて私が要望を伝えながら選び、最終的にパラッパーのリポップ2アームドという機種を購入することになりました。

頑丈さが売りで、マナジュエルアタッチメント付きバッテリー搭載。マナジュエル三つなら交代で使えば、メンテナンスは必要ですがバッテリー切れを起こすことなく永続利用可能とのことです。

在庫もあるとのことですので、このまま車で持ち帰ってしまいましょう。これで次の探索の楽しみがまたひとつ増えました。早くダンジョンに向かいたいですね。

購入したサーチドローンを一日室内で使ってみましたが、問題なく使用できそうでした。移動中の邪魔にならず、天井と壁に当たることもなく、近所の猫がベランダに近づいた際にも正常に反応しました。

そんなわけで、今日もダンジョン探索のお時間です。

『それでは安全安心を旨に、素晴らしい探索者生活をお楽しみください』

いつも通りに吉川ゲートを通って水晶窟へ入りまして、その奥にある遺跡までさっさと進んでいきます。

今回はもう稼ぐ目処がついているので、道中のエーテル結晶も、倒したコボルトの魔石も素通りして一時間ほどで遺跡に到着です。

そして遺跡に入る前に早速サーチドローンが反応しました。一緒に購入した眼鏡型デバイスに情報が表示され、入り口上部にマナタラントが待機していることが情報として表示されます。あのまま入ったら上から飛びかかったマナタラントにガブリとやられていたかもしれません。サーチドローンを買っておいて良かったですね。

しかし先日は遺跡にマナタラントはおりませんでしたので、やはりパイプを経由してここまで来たということでしょうか。

ともあれ、空気弾だと倒せるか微妙な高さにいますし、まだこちらには気づいていないようですので石銃弾でサクッと処理をしまして魔石を回収して遺跡内部へと入ります。

このマナタラントの魔石は小さな胸部内にあるので採りやすくて良いですね。体内の毒袋も売却できるらしいのですが、毒物を触るのは怖いのでそちらには手を付けていません。ちなみにその毒、農薬の材料に使うそうです。毒というのも使いようですね。

それから広間にたどり着くまでにマナタラントを二匹、追加で仕留めました。マナタラントの魔石はひとつ2500円で換金してくれますので7500円の収入となります。

他にも何匹かのマナタラントを広間内で確認しましたが距離がありますし、近づいてこないのでそちらは警戒するだけに留めておきます。

「ギィッ」

パイプの中に入って待ち構えていた個体も処理。ここまでの四体分の魔石で10000円の儲けです。ウハウハです。

魔石は加工すればエーテル結晶と同じようにエーテルを抽出できますし、機械の製造でもレア鉱石の代用になるものがあるなど需要の高い存在です。現代社会においては常に消費され続けているため、供給し続けても腐りません。

これを拒否し続けた前職が時代の流れに乗れなかったのも、仕方のないことだったのかもしれませんね。

ここから先の予定ですが、前回破壊してできたパイプの横穴から魔力結晶の生えていた場所にまた向かおうと思います。

先日は蜘蛛の多さから撤退しましたが、今回は全滅させる勢いでやらせてもらう所存です。そのために石と小石もバックパックに大量に持ち込んでおります。石は邪魔なら捨てれば良いし、必要なら拾えば良いので扱いが楽ですね。

そのまま先へ進みましたが、道中のマナタラントはまばらという感じでした。そもそもマナタラントは魔力結晶の多い場所に生息しているので、魔力結晶のない遺跡の方へ移動する個体は少ないのでしょう。私が崩した横穴のところまでに三体倒しましたが、どれも単体でした。

そして横穴から外に出ようとした時、サーチドローンが警告を発してきました。

ふむ、眼鏡型デバイスにドローンカメラで捉えた映像が映し出されます。これ本当に便利ですね。買って良かった。

「キュルルル」

妙に可愛い唸《うな》り声がここにまで届いてきていますが、パイプの外にはマナタラントの……残骸らしいものが散らばった地面と、巨大なレッサーパンダがいました。

ふむ……レッサーパンダ？　何故？

レッサーパンダ。中国語名で小熊猫。

元々パンダの名は彼らのものだったと聞いています。であるにも拘わらず、ジャイアントパンダが登場したことで大小で分けられて、レッサー（小さな）を付けられてしまった悲劇の動物が彼らとのことです。当人たちはどうとも思ってはいないでしょうが。

昨今ではその小ささと威嚇ポーズの愛らしさから人気もうなぎのぼりなのだとか。私も可愛いとは思いますよ。

ええ、その大きさがジャイアントパンダと同じどころかふた回り以上大きいのでなければ。

2メートル半はあるでしょうか。外見こそレッサーパンダですが、ひと目見てこれは無理だと思いました。生物としての格の違いをはっきりと感じたのです。

それに周囲の魔力結晶が食い荒らされているのは眼鏡型デバイスで確認できました。これでは収穫できるものもありません。まだ見つけていなかったマナジュエルも恐らくは全滅でしょう。

となれば、私がここにいる意味もありませんね。逃げの一択です。先日の「私だけの稼ぎどころです。しばらくは手放しません」などと考えていたおじさんは死にました。命を大事にするおじさんだけがここにいます。

あんな怪物がそばにいるのなんて怖過ぎますし、探索協会にサクッとこのことを報告して別の場所で稼ぐことにいたしましょうか。

ハハハ、おやおや。巨大レッサーパンダがこちらに向かって威嚇ポーズを取っていますよ。おやおやおやおや。

困りました。勘弁していただけませんかね。人間というのは殺されてしまえば死んでしまう生き物です。だから命は大切で、かけがえのないものなのですよね。おや、いけません。走り出しました。逃げるにしても帰り道はパイプの一本道ですし、あの速度からは到底逃げ切れません。であれば先制攻撃するしかありませんか。

「ゲートフルオープン」

私はパイプの外に飛び出して迎撃準備に入ります。より認識を鮮明にするために声を出して計9個の収納ゲートを正面に展開しました。

「ゥガッ」

「良しッ」

鈍い音がして巨大レッサーパンダが収納ゲートにぶつかって弾き飛ばされます。硬さに定評のある私の収納ゲートですが、巨大レッサーパンダのタックルを止めることもできるようです。まあ止めるだけじゃあないんですけどね。

「全解除ッです！」

「キュァアアアッ」

可愛い声で鳴きながら倒れていきますが、戦いは非情なのです。石砲弾も、石散弾も、空気弾も、

水弾も全ブッパです。さらに時間遅延効果によって動きが遅くなっている巨大レッサーパンダに対して私は接近して槍を突き刺し……おや、刺さらない。タイヤに刃物を刺したけどまったく通らないような、そんな感触です。よく見れば石散弾も空気弾もほとんどダメージが入ってなさそうです。石砲弾は効いていそうですが致命傷にはほど遠い。これは相当厳しいですね。

ともあれ今はまだ時間遅延中です。巨大レッサーパンダがノロノロと動いている間に即座に収納空間を再構築します……が、できた収納空間は八つだけでした。時間遅延付きの収納空間はまだ作れません。あ、時間遅延効果が切れました。巨大レッサーパンダの動きも元に戻ります。

「ギュルッ」

時間遅延の効果が切れたのと同時に巨大レッサーパンダの動きが元に戻りましたが問題はありません。仰向けに倒れているその巨体の胸部と腹部、それに両肩部の四点に収納ゲートを開いてすでに固定しています。もう彼は動くことはできないのです。

それと時間遅延の収納空間も再び構築できるようになりました。どうやら効果が切れるまでは再使用できない仕様のようです。そんなことを把握しながら頷《うなず》いている私の前で、巨大レッサーパンダはまだ暴れています。

「ンガッ、ガ、ガー!?」

振り上げる手。暴れる足。振り続ける頭。けれども私には届きません。残念ですが拘束を解くような真似《まね》はいたしません。なぜなら……

「キュアッ、フゥゥウウウ」

その瞳にはまだまだ闘志が宿っていますからね。

そもそも格上。油断できる相手ではありません。こちらも時間遅延の収納空間はすでに作り終えています。つまりはチェックメイトです。

「時間遅延解除《スロー》！」

再度時間を遅くします。

もはや私の勝利は揺るぎませんが念には念を。

ほら、近づいてみると怒って開いた口の中が見えますね。そこに照準をしっかり合わせるために指を二本差しにして向けます。そして口内へと私は収納ゲートを四つ開きました。

「!?」

巨大レッサーパンダが目を見開かせています。

あの巨体の口内であれば、直径8センチメートル程度のゲートぐらいは入りますし、残念ながら彼では噛《か》み砕くことはできません。まあ砕けたところで結果は同じなのですけどね。

「じゃあこれで終わりです」

私の言葉が通じたのか、己の末路を理解したのか巨大レッサーパンダがさらにもがきますがもう遅い。直後に私は石砲弾四連射を放ちました。

「ギュァアアアアアア」

はい。見事に貫通し、レッサーパンダがバタリと倒れました。

かわいそうですがこれも自然の摂理。弱肉強食の世界です。

しかし油断はできません。先ほどまでの闘志。或いはここからでも……

「………」

うん、動かなくなりましたね。

フー、これはもう勝ったということで良いでしょう。

それにしてもこの巨大レッサーパンダ、相当格上の魔獣のようでしたが、私の収納スキルなら十分に通用するようです。

これはもう、最高の探索者になる日も近いかもしれませんね。ん、おや？　おやおや？

倒した巨大レッサーパンダの姿が光の粒子になっていきます。そして光が私の手へと吸い込まれています。

強力な魔獣が相手の場合、経験値というのはこのような形で吸収されるものなのでしょうか。

けれども、これは経験値とは感覚からして違うような……

光が収まると私の右手の甲には、キラキラと輝くレッサーパンダの刺青《いれずみ》が描かれておりました。

非常に可愛らしい絵柄です。しかし、これは一体何が起きたのでしょうか？

「大貫さん、あなたはまだダンジョン探索四回目のはずですよね。トラブルに愛され過ぎてませんか？」

巨大レッサーパンダを倒した翌日、私は探索協会の埼玉支部にお邪魔しておりました。

ちなみに巨大レッサーパンダは魔石を落としませんでしたが、エーテル結晶はそこら辺に結構残っていたので40本入手し、また帰りに遭遇して倒したマナタラントの魔石も合わせて8万円でした。マナジュエルは案の定というべきか、すべて食べられていたようです、残念です。あとレベルも上がりませんでした。あのクラスの相手なら5レベルくらいは上がっても不思議ではないと思っていたんですが。

そして私が支部にいるのは私の担当である沢木さんにご相談があったからなのですが……沢木さん、どうやらオコのようです。

「オコじゃありません。大貫さんが無茶し過ぎだから心配しているんです」

「おや、心の声が漏れていましたか。すみません。けれど私も無茶をするつもりはなかったんですよ。ただ運がなかったのでしょうね」

「結果だけを見れば運が良かったとも言えますけど……普通は死んでいますよ。いや、ホントもっと慎重になりましょうよ大貫さん。そりゃ遺跡をお薦めしたのは私ですけど、なんで遺跡から遠く離れた場所でエーテル結晶の狩場を見つけて、マナタラントの群れやイレギュラーエネミーと遭遇してるんですか!?」

イレギュラーエネミー、想定外の魔獣をそう呼ぶそうです。今回は巨大レッサーパンダのことを指してまして、以前から発見されていたマナタラントの群れは通常のエネミー枠として登録されています。

ともあれ、私も狙って危険な目にあっているわけではないのですけれども……

「申し訳ありません。次からはもっと慎重にやっていきます」

言いたい気持ちを飲み込んで謝罪するのも社会人のスキルというもの。

まあ、今後問題を起こさなければ大丈夫でしょう。

「そうしてください。それと大貫さんの実績は過去の記録を見ても同レベル帯ではトップクラスのものです。パーティ参加でパワーレベリングしてるようなものを除けばですけどね」

魔獣を倒せばレベルは上がる。上級探索者に依頼して高難易度ダンジョンでトドメだけを刺させてもらってレベルを上げる富裕層の人も多いんだとか。自分の力で成長していくことをせずに……というのはどうなのかとも思いますが、まあ人それぞれですね。

「ちなみにソロで活動している大貫さんには必要のない忠告でしょうが、協会はパワーレベリングを推奨していません」

「そうなんですか？」

「はい。そのやり方だと、受け取った経験値と実際の身体が不整合を起こしてしまい、最悪自壊する可能性があります。やって精々レベル5までですね」

「なるほど、ズルいことはできないんですね」

私も気をつけましょう。まあ、どれだけレベルが上がっても私の身体能力はほとんど変わらないのですけどね。

「話がそれましたね。ともかく派手に実績が上がったということは、大貫さんがそれだけ危険な目にあっているということでもあります。本当に危ないんですからね？」

気をつけてくださいね……と改めて沢木さんは言って、手元のタブレット端末に視線を向けました。そこには私の右手の甲の写真が映っています。ここに来る前にシーカーデバイスで撮影したもので、可愛らしいレッサーパンダの絵柄が描かれています。

「それで今回の相談は、その刺青についてですよね？」

沢木さんの視線が私の右手の甲に向けられます。そこにはタブレット端末のものと同じ、可愛らしいレッサーパンダの絵柄がありました。この刺青は今もぼんやりと虹色に光っています。今回はその相談のために、ここを訪れていたのです。

「はい。非常に愛らしいとは思うのですが、このままだとスーパー銭湯に入れないのですよね」

「大貫さん、今は入れないところばかりじゃないですよ。インバウンド需要もあって刺青オッケーなところとか、肌色のシールを貼ればオッケーなところとかも増えてるらしいですから……じゃなくて、大貫さんはそれが何かを知っていますか？」

「いいえ、まったく。探索を終えて動画を提出して解析してもらったら、担当の方に連絡をして説明を受けるようにＡＩに言われまして。それで写真を送って、こうして相談に来たわけです」

沢木さんは私の言葉に「そうですよねぇ」と難しい顔をしながら頷きました。

どうやらこれ、珍しいもののようですね。

それから沢木さんは意を決したような顔で私に向き合い、口を開きました。

「それはあまり一般的には知られていないものでして、名称を召喚紋と言います」

「しょうかんもん？　それはもしかしてあの召喚ですか？　ゲームにあるような？」

「そうです。召喚獣を喚《よ》び出すためのものですね」

召喚獣!?　私の胸が高まります。ということは、これはまさかアレですか？　あの巨大レッサーパンダが私の……

「これを見てください」

若干テンションの上がってしまった私に、沢木さんはタブレットで写真を見せてくれました。そこには犬のような紋様が描かれた石が写っていました。

「この写真はなんでしょうか？」

石に描かれた紋様は、私の手に描かれたレッサーパンダの刺青に近い感じがします。

同じものということでしょうか。

首を傾《かし》げる私に、沢木さんは「これは封印石と呼ばれるものです」と説明してくれました。

「時折遺跡内で発掘されることがあるのですが、この中には召喚獣が封印されているんです。そして石から召喚獣を喚び出して倒すと主人として認められ、召喚することが可能となるのだそうですよ」

「本当にゲームみたいな話ですね。でも、あのレッサーパンダは石から出てきたわけではありませんでしたよ」

巨大レッサーパンダは最初からあの場所にいましたし、封印石というものも私は目にしていません。

「そうですよね。問題はそこなんです」

「そこ？」

「はい。喚び出した人物が召喚獣を倒せなかった場合、喚び出された召喚獣は制御を離れてハグレになるそうです。そしてハグレとなった召喚獣は人や魔獣、魔力結晶などを食べて魔力を供給し、供給が途切れて封印石に戻されるまで顕現し続けます」

「なるほど？　つまりは吉川ゲートで誰かが召喚獣の主人になろうと喚び出して失敗し、逃げたところに私がたまたま遭遇したというわけですか？」

そんな危険なことを初心者御用達のダンジョンで行ったのかと私は眉をひそめましたが、沢木さんは首を横に振りました。

「そこが問題です。ここ最近の吉川ゲートの履歴を見ても、召喚獣を入手可能な実力や財力を持った人物が入退場した記録はありません。吉川ゲートの水晶窟は長期滞在するようなダンジョンではありませんし、少なくとも直近の探索者で未帰還者はいませんね」

「なるほど。入り口はひとつしかありませんから、そりゃすぐに分かりますよね」

あれだけ厳重な入り口ですので、こっそり入るのは当然無理でしょう。探索協会が協力している場合は別ですが、それを隠しているなら結構な訳ありのはずです。なので私も敢えて藪《やぶ》をつついて蛇を出すような真似をするつもりはございません。

「ハグレは……というか、魔獣全般に言えることですが、アレらはあちらの世界の存在ですから存在境界線の制限を受けません。なので、そもそも国内で召喚を行ったのかも不明なんですよ」

「ああ、なるほど。そういう可能性もありますか」

ゲートは世界各地に出現しますが、地球でのゲートの位置とゲート先のダンジョンの位置と距離は一致しません。

埼玉県の八潮ゲートがイタリアのヴェネツィアゲートの飛び先と距離が近くて徒歩で渡れる話は有名です。例えばブラジルで召喚してハグレになった召喚獣が、吉川ゲート先にある水晶窟に来たとしても不思議ではないのですよね。

「国外でハグレになった召喚獣が、あの場所までやってきたというわけですか？」

「その可能性が一番高いと思います。だから大惨事になる前に大貫さんが討伐してくれたのは不幸中の幸いでした。あの辺りには低レベル帯の探索者しか基本いませんでしたから、最悪相当数の死傷者が出た可能性もありました」

「たまたま遭遇しただけですが、不幸なことが起こらず良かったです」

会った瞬間に死ぬと感じましたからね。時間遅延がなければ私も生きてはいなかったでしょうし、吉川ゲートで対抗できそうな方は、入り口で注意してくれたあの職員の人くらいではないでしょうか。

「出所は不明といえど、大貫さんが召喚獣を手に入れたのは確かです。その証拠がその手に描かれた召喚のシンボルです。言うなれば、先ほど見せた封印石の代わりを大貫さんが担っているわけですね」

「えっと……封印しているだけなのですか？　喚び出したりはできないのですか？」

「召喚獣が認めた証《あかし》がソレですので、もちろん召喚は可能のはずです」

「ほぉ」

アレが喚び出せるとなると凄いですね。一緒に戦ってくれるなら心強い。荷物を持ってくれるだけでも十分です。あのお腹に抱きついてもみたいですね。そういうのって召喚獣は許してくれるのでしょうか。食費も気になりますが、今の私であれば養うのは十分……いや、パンダの食事にかかる費用というのは高額であると聞いたことがあります。レッサーパンダは別でしょうか？　インターネットで調べてみないと分かりませんね。となれば……

「大貫さん！　大貫さん聞こえてますか？」

「は!?　あ、申し訳ありません。ついつい考え事を」

ついつい物思いに耽《ふけ》ってしまいました。いけませんね、沢木さんの話をちゃんと聞かなければ。喚び出し方もまだ分かりませんし。

「それで召喚獣の喚び出し方ってあるのですか？」

「ええ、ありますよ。召喚方法については……そうですね。大貫さん、そのシンボルから何かを感じませんか？」

「うーん、どうでしょう。どことなく訴えてきている感覚はあります。鍵、楔《くさび》、縁……そんなイメージ……でしょうか」

そうです。昨日からそうしたイメージが感じ取られているのですが、それが何なのか分からず、むず痒《がゆ》い気持ちになるのです。何かが繋がっていないような、手を伸ばせば届くのに伸ばすための手がないような、そんな感じなのです。

「それは召喚のための条件付けを求めている状態ですね。名付けをすることで、それを鍵として召喚獣を喚び出せるようになるそうです」

「ハァ、名付けですか」

「はい。召喚者との繋がりを確定することで、召喚者と離れても召喚獣は繋がりが保たれるようになるのだとか。私も詳しくは知らないのですが、理屈としてはそのようなものだと説明されています」

「なるほど、それで名前を」

名前ですか。レッサーパンダだからレッサーくん？　いや、安直ですね。となると……

「あの大貫さん。名前をここで決めないでくださいよ。報告だと2メートル半はあるんですよね。ここで召喚して威嚇のポーズなんかを取ったら、天井を突き破っちゃいます」

「あ、すみません。それではダンジョンで試してみます」

確かにあのサイズでここに出てきたら困りますね。危ない、危ない。

「そうしてください。施設内で未確認の魔獣の反応などが出たら、場合によっては協会所属の探索者が攻撃してくる可能性がありますから」

「はい。気を付けます」

やっぱりそういう方も控えているのですね。

まあ、それはそうですよね。探索者はひとりひとりが一般人を上回る能力を持ってる以上、当然彼らを管理する側が対抗手段を用意していないわけがありません。

「それで、ここまでが大貫さんを呼び出した理由の半分となります」

「半分ですか？」

「そうです。召喚術の説明と使用方法で半分。それに加えて召喚獣を持っているデメリットも話しておかなければなりません」

「デメリット……ですか？」

一体それは何なのでしょうか？

「はい。大貫さん、落ち着いて聞いてくださいね。召喚獣を得たことであなたは……」

深刻そうな顔の沢木さんが続けて話す内容に私は目を丸くしてしまいました。

「命を狙われる可能性があります」


「ハァ」

ため息が出るわね。

私の名前は沢木素子《もとこ》。元探索者で、今はリタイアして探索協会の一般職員をやっています。

探索協会の、特にフロントの人間は元探索者であることが多いんですよ。一般の方と探索者とではまず身体能力が違いますし、荒事への対処能力も段違いです。特に日本は探索者の犯罪に対する罰則が厳しく、制限も多いのですが、それでも後先を考えることのない、救えない馬鹿というのは一定数いるものです。なので私たちのようなドロップアウトした元探索者が職員になってるんですよね。

とはいえ、今の私の悩みの種はそうした頭の悪いお猿さんたちではありません。

私の悩みの種は、本来であれば探索者認定を取り消して一般人に戻ることも検討すべきであった、とある人物のことです。

大貫善十郎氏。

ランクF収納スキルとランクオールFのステータス。見えない水筒をひとつ手に入れた……という程度の力しかないはずの三十代男性。おおよそ考えて探索者としては最弱。絶対にダンジョン探索など向いていないはずの人物でした。

けれどもわずか四度のダンジョン探索で独自のエーテル結晶採掘法を確立し、メガマナタラントと眷属《けんぞく》の群れを討伐し、さらには召喚獣をも仕留めた。

大貫氏に許可をもらって討伐時の記録映像を見させて頂きましたが、大貫氏は『尋常ではない速度で』移動しながら、収納スキルを利用した（？）砲撃を召喚獣の口の中に連続で、精密に撃ち込むことによって倒していました。何それ、怖い。

召喚獣を召喚したのはレベル50相当の人物とのＡＩの解析が出ています。召喚獣は召喚者のレベルに準じた強さを持ちます。つまりあの召喚獣はレベル50相当の力を有していたはずなのです。実際、大貫氏の砲撃も召喚獣の体に傷こそ与えていましたが耐えられる程度のダメージで、現在レベル9の彼が普通に戦えば、本来であれば為すすべもなく敗北していたのは間違いないはずでしょう。

それを……

「沢木くん、ご苦労様」

「吉田課長。はぁー」

休憩室にいた私に課長が声をかけてきました。

ま、偶然じゃあないでしょうね。

大貫氏については……というよりは出所不明の召喚獣についてでは上でも神経を尖《とが》らせてるようだから、とりあえず相手の感触を聞きたいんでしょう。

「デカいため息だな。幸せ逃げちゃうぞー」

「そう思うならこの件、別の人に引き継いでくださいよ。私には荷が重いですって」

「と言ってもね。担当は君なんだからさー。裏方はやっとくから、お願い。ね？」

「裏方って。結局見つかったんですか、召喚主になろうとして失敗した人物？」

問題はそこなんですよね。

大貫氏にも説明しましたが、召喚主が殺されると召喚獣は封印石に戻るんですよ。そして次の召喚主を待つんです。つまり召喚獣が欲しければ、召喚主を殺せば手に入るというわけで……過去に召喚主が狙われたケースは何度もあります。

ましてや大貫氏はレベル9のオールF。情報が漏れればカモにしか見えないでしょうし、召喚に失敗した人物が生きていて、かつあまりよろしくない人物であれば、その人物が大貫氏の命を狙う可能性もあります。大貫氏のことを知れば情報を他に流す可能性もあるでしょう。だから警戒する意味でも失敗した人物の素性は知っておきたいというのがあるのですが……

けれども、案の定課長が渋い顔をして首を横に振ってきました。

「難しいねぇ。レベル50前後の探索者の動向って言っても、国内だけならともかく、範囲は世界中だよ」

「ですよねぇ」

課長の言う通り、国内なら情報も入ってくるし、隠蔽されてるわけでもなければ見つかる可能性はあるんですけどね。ワールドワイドとなると話は変わります。

そもそも情報連携がしっかりできていない国も多いですし、できていたところでレベル50クラスの探索者は国の保護対象です。他国に詳細な情報を渡す国は少ないでしょう。

「しらみ潰しに探してはいくけど、正直期待はできないかな。それで召喚主さんの方はどうだった？　話聞いてビビっちゃってた？」

「いや、そういう感じではなかったですね」

大貫氏の顔が頭に思い浮かびましたが、別れた時も以前と変わらず緊張感のないままでした。

「そうなんだ。まだ探索者になったばかりだっていうのにね。かなり図太い人物なのかな。君から見て大貫氏ってどういう人？　実際に見てみるとオーラある？」

「いえ、いかにも普通のおじさん……という感じですね。あの実績に見合っているとは思えない、むしろスキルもステータスも書面上のランクFっていう方がしっくりきそうな、荒事とは縁のなさそうな人ですよ」

そう、普通なんです。本当に普通のおじさん。実際、探索者になる前はダンジョンとは関係のない普通の会社に勤めていたらしいですし。

けど、あの人はおかしい。やっぱり何かがおかしい。だって……

「ただ、笑ってたんです。あの人」

「笑ってた？」

「はい」

「殺される可能性があると伝えた時に、自然と笑みを浮かべてたんですよ」

あんなことを言われたら困惑するか、怯《おび》えるのが普通だと思う。けど、あの人は違った。多分あの時、あの人はなんていうか、そう……ワクワクしていた。そう思う。だから私はあの人が私の常識の範囲外にいると感じたんだ。

そんな私の言葉と様子を見て、課長の表情も変わりました。

「沢木くん、大貫氏のライセンス習得時の精神鑑定は？」

「評価としてはB＋。内向的ではありますが、情緒に不安定なところもなく、精神も安定しているという結果でした。当然探索者としては積極性が薄いという点はマイナス評価でしたが、問題はなしとなっています」

話している限りでは普通のおじさんなんですよね。だからおかしいって話なんですけど。

「なるほどねぇ。ま、とりあえずは様子見かな。沢木くんは引き続き彼の様子を見といて。希少な召喚主というだけでなく、ウチのお得意様になる可能性があるんだからさ。実績だけ見ればね」

「はい。やっぱりそうなりますよねー」

課長の言うことはごもっとも。

探索者と言うのは誰も彼もが続けていけるものではなく、ある程度の収入が得られるようになればそれで落ち着くし、纏《まと》まったお金が入れば引退するし、危険な目に遭えば死ぬし、生き残っても恐怖が刻まれて続けられなくなったりもする。私のように。

だから探索者の上位勢は本当にひと握りなんですよね。元探索者から言わせて貰えば上級探索者は基本全員頭がおかしいです。

でも、そういう人物ってのは探索協会にとってもありがたい存在ですし、その担当になるというのは出世街道に乗るということでもあるのですが……なんというかあの人、今後もやらかしそうな気がするんですよね。誰か担当変わってくれないかなー。

まあ、それはそれとしてあのでっかいレッサーパンダ、映像では怖かったですけど……大貫さんの召喚獣になったのなら会わせて欲しいですね。モフらせて欲しいですね。

今度お願いしてみましょうか。

善十郎千年紀　妖精というもの

そこは深き地下の底、そのさらなる闇の中にある地獄であった。

かの者の罪状は略奪、簒奪《さんだつ》、侵略、殺人、殺神等等数え切れず。

魔王の烙印《らくいん》を受け、世界の敵と定められた。

その刑期は無量大数。彼女の心は砕かれ、燃やされ、牢獄《ろうごく》と化した聖樹へと王権と共に埋められた。

故に眷属たる妖精たちの復権も許されず。

かの種族は未来永劫、世界への奉仕を担う機構へと成り果てた。

されど刻は移ろう。終末を逃れた聖樹は希望となった。

妖精は解放され、英雄の列へと連なり、壊れる権利を獲得した。

やがて世界は朽ちて果てた。

さらに刻は廻り、一匹の犬が深淵へと訪れる。

赤熊の勇者と共に訪れた犬の名は大貫善十郎。未だ何者でもない、ただの犬である。

第二章　妖精女王編

ルーザーズパニック

『それでは安全安心を旨に、素晴らしい探索者生活をお楽しみください』

探索協会埼玉支部を出た後、私は再び吉川ゲートへとやってきました。

本日探索するつもりはありませんでしたが、召喚獣を喚び出せると聞いては試さずにはいられません。沢木さんのお話によると召喚獣を保有する召喚主は命を狙われる危険もあるのだとか。召喚獣は召喚主が死なないと別の相手に主人を移譲できないそうですから、欲しい方が狙ってくるのも仕方のないことなのでしょう。見方を変えれば、それだけ召喚獣がレアだということです。テンションが上がります。

また命を狙われるということは、それに対抗できるだけの力も身につけなければいけません。ダンジョンの中は弱肉強食。ダンジョンの外も同様です。だからこそ私は召喚獣を求めて……

いいえ、必要に駆られているなどという野暮な話はいりませんね。あの巨大レッサーパンダさんが喚べるのです。私の仲間になるのです。召喚する理由はそれだけで十分ではないでしょうか。

そんなわけで、ダンジョンに入った私は人気のない開けた場所までやってきました。ここでなら最悪再戦することになっても対処が可能です。

ちなみに召喚獣は、刻印に向かって決めた名前を喚ぶだけで契約が完了するとのこと。簡単ですね。そして私が決めた名前は。

「ラキ!」

です。ラッキーのラキ。ここ最近下がったり上がったりしている私の運を上昇させる意味も含めて、ラキくんの名前を導き出しました。私の声に呼応してレッサーパンダのマークの刻印が輝き出します。

「あなたの名前はラキです。さあ出てきてくださいラキくん! カモーン!」

たった今、私とラキくんと思われる存在とがカッチリと繋がった感覚がありました。テンションが上がります。さらに目の前に魔法陣が現れ、周囲から光の粒子となった魔力が集まっていきます。

「キュル――――!」

獣の咆哮が洞窟内に響き渡ります。

そうして光が凝縮されて物質へと変わり魔法陣の中から、ラキくんが巨大なレッサーパンダの姿となって顕現しました。ほぉ、これが召喚術。

出現した巨大レッサーパンダの全長は大体2メートル。見上げるような大きさではありますが、最初に出会った時よりも少し小さいようですね。

「キュル?」

おや、少しばかり首を傾げている私を見て、ラキくんも首を傾げてきました。可愛いですね。ふむ、ラキくんの思考が頭に流れ込んでくる感覚がありますよ。

「ああ、すみませんラキくん。何だか以前に見た時と大きさや纏っているオーラのようなものが違うように感じられまして……少々気になってしまったのですよ」

「キュル……」

私の言葉にラキくんが頷きます。

ラキくんは喋《しゃべ》れませんが私の言葉は理解できているようです。それどころかラキくんの思考が私の中に流れ込んでくるのも感じます。

「キュル、キュルル！」

ほうほう、そういうことですか。ラキくんの考えも鳴き声に乗せて私は理解できるようです。これが召喚というものなのですね。便利ですね。

「なるほど。召喚獣の強さは召喚主の強さに準じるのですか。だから私自身がレベルアップしないと、以前のような強さは得られないのですね」

私の言葉にラキくんがブンブンと首を縦に振っています。ふむ、ラキくんはかなり賢いようです。

そんなわけで、巨大レッサーパンダのラキくんの召喚に無事成功しました。

これからどうしようとなったのですが、すでに午後でこのままエーテル結晶の採掘という時分でもありませんので、外に出ようと思いました。しかし問題はラキくんです。

ラキくんは今でも全長が2メートルはあります。このまま外に連れ出すことは難しいと思い、一旦召喚を解除しようとしたところ、なんと目の前でラキくんが小さくなったのです。

「キュル」

「はい。別に重くもないですし問題ないですよラキくん」

「キュルルルー」

大きさは通常のレッサーパンダサイズですが、その姿には幼さが伴っています。ラキくんから伝わる意思を言語化すると、魔力消費量を抑えるために幼体の姿になった……という感じでしょうか。召喚獣というのはそうした融通も利くのですね。不思議なものです。

これなら問題ないでしょ？　と首を傾げるラキくんの顔に私も頷かざるを得ませんでした。どうやらラキくんは召喚解除をされたくないようですね。自由に体を動かしたいみたいです。

そんなラキくんはそのまま私の背に登って張り付いてきました。召喚主と召喚獣の関係だからか、重さはほとんどありません。

ダンジョンを出る際にはちょっとした騒ぎになりましたが、それというのもラキくんの愛らしさのせいです。この歳で女子高生からキャーキャー言われることになるとは思ってもみませんでしたよ。

ゲートを出て出口で動画を提出すると、ＡＩ解析でラキくんはテイム扱いとなったようです。帰り際に職員の方から、探索協会マーク入りの首輪と『従魔乗ってます』の車用シールを渡されました。

首輪はダンジョン産の技術を利用したもので、フリーサイズで巨大化しても伸びるとのこと。初回は無料だそうで、二体目以降や破損した場合には購入が必要になるそうです。

動画を解析したのなら召喚獣であることは分かったと思うのですが、特に触れられませんでした。何かしらの禁則事項が存在しているのかもしれません。基本的にこの手のＡＩから個人情報の流出はなく、情報が漏れる心配はないという話なのですが、こればかりは信じるしかありませんね。

ともあれ、特に問題もなく吉川ゲートを出た私は愛車の置かれている駐車場に到着しました。おっと、従魔乗ってますのシールを貼っておかないといけませんね。

そして私はラキくんを乗せて車を走らせ始めました。

「キュル？　キュルルル!?」

後部座席に乗っているラキくんがせわしなく周りを観察しています。初めて見る世界に興奮が隠せないようです。そんなラキくんを横目に、私は次の探索について考えてみます。

まず、現在私が運べるエーテル結晶の数はおよそ40個ほど。

換金額はコア内のエーテルの量によって前後しますが大体５万円くらい。ラキくんが運搬を手伝ってくれれば合わせて四倍以上は持ち運べるでしょうから、一回の探索でも頑張れば２、30万円以上はいくはず……なのですが、私はずっとこれを続けていくつもりはありません。

何しろ、ラキくんは最初会った時に比べて弱体化こそしてますが、あの巨体での攻撃は普通に前衛として優秀でしょうし、新たに購入したサーチドローンが使えるのは前回の探索でも証明されています。加えて私の砲撃があれば、ある程度のダンジョンでも対処は可能でしょう。最高の探索者を目指す私にとっては、ここで足踏みし続ける理由がないのです。

吉川ゲート内の遺跡にあったもうひとつのパイプの先も気になりますし、ひとまずそこを調べ終えたら、もう少し儲けの多いダンジョンの物色も進める予定です。

やりたいことが増えてくると、モチベーションも上がってきますね。


ラキくんと共に吉川ゲートを出た私は探索者御用達のショッピングモールダンジョンタウンへと向かうことにしました。色々と考えた末、今後のダンジョン探索をする際に必要なものが増えてきたためです。

ラキくんは力仕事を請け負ってくれることを了承してくれました。それはつまり、ステータスオールFでフィジカル面での成長が見込めない私では諦めていたことを、ラキくんにやってもらえるということです。これは非常に大きいです。

ダンジョンタウンにたどり着いた私が購入したのは、ラキくん用の伸縮性の高い背負い袋、それに魔石抽出器と万能ロープです。

最初、ラキくんに背負ってもらうのは大きなリュックサックを想定していたのですが、普通のレッサーパンダサイズの時には持ち運びが難しいので、普段は私の収納空間にも入れられるくらい小さくなるタイプを選びました。ダンジョン素材製なので少々お値段はかかりましたが、必要経費と割り切ります。

魔石抽出器は文字通りの代物です。大きな筒の先に花のように広がった刃先があって、死んだ魔獣にザックリと突き刺してグリッと回して力技で魔石を取り出す道具です。結構な力が必要なので私は自分で使うのを諦めていたのですが、ラキくんなら問題なく扱えます。

最後に万能ロープです。高所に荷物を引き上げたり、大きなモノを持ち運ぶ際にラキくんに縛り付けて運んでもらったりするためのものです。探索にロープは付き物。私ひとりでは嵩張《かさば》って持って行けませんでしたが、次からはラキくんが一緒です。ありがたいことですね。

ラキくん用の武器の購入も考えましたが、下手な武器を持たせるより爪の方が強いですし、今回は見送りました。実際に魔獣と戦ってみて必要があれば検討するつもりです。

『それでは安全安心を旨に、素晴らしい探索者生活をお楽しみください』

そんなわけでラキくんを召喚した翌日、いつもの吉川ゲートにやってきました。今日はラキくんの試運転も兼ねて、そこそこ潜ってエーテル結晶を集めまくります。

「キュァアアア」

ラキくんも喜んでますね。周囲の人に写真を撮られてますが大丈夫でしょうか。まあ従魔用の首輪も付けてますし大丈夫でしょう。失敗を恐れていては何も始まりません。

ちなみに現在のラキくんは、元の姿に戻り、背には背負い袋、魔石抽出器とロープを大型従魔用革ベルトにつけている格好です。あとはヘッドライト付きヘルメットを被っていればそれっぽいのですが、ダンジョン内は明るいですし、ラキくんにヘルメットが必要とも思えません。

それではいざ探索へ。

「ワ、ワォォオオン!?」

移動から三十分ほど進んだ先でコボルト三匹の群れを発見しました。

吉川ゲートのダンジョンは初心者御用達ですので魔獣との遭遇率は低いのです。そして出会ったコボルトたちですが、唸り声を上げていますが、あからさまに腰がひけてます。三十半ばのおじさんは怖くなくとも2メートルある格上魔獣は恐ろしいのでしょう。

「ではラキくん、やっちゃってください」

「ガッ！」

私の掛け声と共に両手を上げながらラキくんが走り出します。するとコボルトたちが一斉に逃げ出しました。しかしラキくんが回り込んだ。コボルトたちは逃げられない。ラキくんの攻撃。コボルトAが死んだ。コボルトBも死んだ。コボルトCが逃げ出した。しかしラキくんが回り込んだ。コボルトCは逃げられない。ラキくんの攻撃。コボルトCが死んだ……以上となります。

さすがラキくん、お強いですね。後、コボルトはラキくんを見ると逃げるんですね。

そして楽に魔石を採れる魔石抽出器は便利です。買って良かった。


朝早くから始めた今回のダンジョン探索での成果ですが、エーテル結晶が90個ほど集まり、コボルトの魔石も12個ほどという結果となりましたので、お昼には帰還いたしました。時間をかければもっと詰め込めるでしょうが、無理をする必要もありませんしね。

手に入れたモノは全部ラキくんの背負い袋に入れさせていただきましたので、私は手ぶらな状態で移動できました。サーチドローンもバッチリ機能していましたので奇襲を受けることもありません。実に良い感じで探索者ライフを送れております。

ちなみにエーテルはラキくんのご飯にもなるので、80個を売却し、残りはお持ち帰りです。それでも稼ぎは13万円になりました。少し奥にある天井のエーテル結晶はエーテルの蓄積量も多いようで、買取額も上がっているようです。これが五時間程度の労働で得られるとは、探索者ライフとは実に素晴らしいものですね。

それとレベルも1上がって10になりました。ラキくんが討伐してもレベルは上がるようです。レベルが10になっても最低ランクステータスの私自身の性能は一般人と大差ありませんが、ストックできる収納空間がまたひとつ増えました。しかも新しい収納空間は入れたものが詳細に解析できるようなのです。当然入れられるサイズは限られていますし、若干癖のある能力なのですが、上手く扱えばより効率的に稼げるようになりそうな予感があります。

「美味しいですか？」

「キュル、キュルル！」

車の中で小さくなったラキくんが、エーテル結晶の端っこを砕いて中のエーテルをペロペロと舐《な》めています。

探索協会からもらった召喚獣飼育マニュアルによれば、召喚獣は召喚主からの魔力供給だけでも活動可能なのだそうです。とはいえ外部供給することで私の魔力消費を軽減してくれるそうですし、魔獣にとってエーテルはご馳走で、それは召喚獣でも同様なのだとか。まあ頑張ったラキくんへのご褒美と考えれば、あげない理由はありませんよね。

そして、そんなラキくんの様子を微笑ましく感じながら私が向かっているのは、大家さんに睨《にら》まれてとてもとても居心地の悪い自宅マンション……ではなく、探索者用のホテル川越メイズホテルとなります。

このホテルには、月額20万円以上で食事や各種施設を利用できる長期滞在プランがあります。探索者で成功している方々の収入を考えれば大変リーズナブルなのですが、このプランで泊まれるのは探索者やその関係者のみとなっております。

種を明かせば、近隣に川越ゲートというランクAダンジョンへの入り口がありまして、何かあった時のための用心棒代込みというわけのようですね。

本来であれば、レベル20以上かつ実績もある探索者でないと宿泊はできないのですが、私は探索協会から特例で許可を出していただきました。

理由は言わずもがな、召喚獣のラキくんの存在です。普通のマンションではセキュリティが心許《こころもと》ないことに加え、出会った当初のラキくんのレベルが推定50であるため、それを倒した私も見合った実力を持っているだろうと判断されたということでもあります。

ウチのマンションはペット禁止でしたし、正直助かりました。沢木さんには感謝ですね。

吉川ゲートを出てから一時間ほどで川越メイズホテルにたどり着きました。元々はダンジョンの被害に遭った高級ホテルを改築したものなのだそうですが、想像以上に大きくて立派なホテルです。小市民の私としましては気後れしてしまいそうですが、郷に入っては郷に従えとも申します。探索者として上を目指す以上、慣れていかねばならぬことなのでしょう。そして車を駐車場に停めてホテルの入り口にまでやってきたのですが……

「フー」

ラキくんがなにやら興奮しています。流れてくる感情は闘争心？　もしかするとホテル内にいる高レベルな探索者の気配を感じ取っているのでしょうか？

ともあれ、ずっと入り口で立ち往生しているわけにもいきません。

荒ぶるラキくんをなだめてから川越メイズホテルの中に入ると、受付で手続きをして、今日から泊まる部屋へと案内してもらいました。

ラキくんに関しても事前に申請していましたので特に問題はないとのこと。ただし部屋やモノを壊した場合の弁償代はそれなりに高くつくそうです。

もっとも、従魔は基本的に精神の部分で使役者と繋がっています。そのため、粗相はあまりしないし、ペットよりも扱いは楽なんだとか。ラキくんは召喚獣ですが、同じような感じではありますね。従魔と違って食事は必要ではありませんし、召喚を解除して姿を消すことも、現在のように幼体のエコモードにもなれるので、従魔よりも手がかからなくはありますが。

私は荷物を部屋に置いて、ラキくんを背負ったままラウンジに向かうことにしました。

基本的にこのホテルの宿泊客のほとんどは、探索者とその関係者なのだそうです。つまるところ、みんな仕事仲間です。新人の私では持っていない有益な情報を聞いたり、横の繋がりができたりすることを期待したのですが……

「おいコラ。テメェどういうつもりだ？」

「どういうも何もないだろう。探索者は先行独占が基本。終わった後に言いがかりをつけられてもね」

「言いがかりだぁ？　この盗人野郎が。こっちのスケジュールを狙ってこそこそ動きやがってよぉ」

「言いがかりだと言っただろう。元々あのダンジョンの探索を僕らも予定してただけさ」

ラウンジにはライオンを擬人化したような金髪の巨漢の男性と、すまし顔をした細身で眼鏡をかけた男性が何やら言い争いをしておりました。どうやら私は探索者同士の修羅場に遭遇してしまったようです。

「あー、そこのファンシーな従魔連れてるおじさん。今、あそこ近付かない方がいいよぉ」

そして言い争いをしている彼らを呆然と見ていた私に、近くのソファーに座っていた女性が声をかけてくださいました。妙に露出度の高い服装と、ファンキーと言っていいのか派手な化粧を決めた女性の方です。まるでアイドルのような容姿をしていらっしゃいますが、纏う気配からして探索者の方なのでしょう。

「どーもー。あーしはユーリって言います。しがないメイチューバーをしている者っす」

「ご挨拶ありがとうございます。私は大貫と申します。探索者をしております」

「……へぇ」

ユーリと名乗った女性が目を細めて私を見ています。何かを探っているのでしょうか。

「何か？」

「うーん。なんでもない。同業者なんだなーっと思って。そっちの子は従魔なの？」

「こちらはラキくん。おっしゃる通りに私の従魔ですね」

「へー、かっわいいー。よろしくねーラキくん」

「キュッ」

ラキくんが手を挙げて挨拶を返しました。挨拶は基本ですね。

「おー、ラキくん賢い。しかも結構強い？」

「はい。ダンジョン内では助けられていますよ」

一緒に潜ったのはまだ一度だけですが、ラキくんは優秀です。戦闘力も、積載力も、探知能力もあります。サーチドローンと併せれば、そうそう接近してくる魔獣に気付かないこともないでしょう。

それにしてもメイチューバーですか。確か、ダンジョン専門の動画投稿サイト『メイチューブ』の配信者をそう呼ぶのでしたね。前職ではダンジョン関係を忌避しておりましたので、私はあまり存じ上げませんが。

「ふーん。ところでさ。おじさん、あーしのこと知らない？」

「申し訳ありません。まだ新人ですのでダンジョン関係のことについてはトンと疎くて」

「新人て、その年で探索者始めたの？　それにあーし、これでもテレビにもそこそこ出てるんですけどなー。精進しなきゃですなー」

「ははは、先月まで仕事一筋の面白みのない生活を送っていたものでして。これからはそうしたメディアもちゃんと見てみようとは思っているのですが」

「そーだねー。情報の有無が生死を分けることだってあるわけだからさー。おじさんもその年で探索者始めたんならちゃんと色んなところにアンテナ張っといた方がいいと思うよ？」

確かにユーリさんの言う通りですね。

それに最高の探索者を目指している以上、比較対象となる競争相手のこともしっかりと把握しておかねばなりません。今後はメイチューブも視聴して、情報収集にも力を入れるべきでしょうね。

「なんだよ。ユーリ、いたんなら声かけろよ。つーか加勢しろよな」

私がユーリさんとお話をしていると、眼鏡の方と言い争いをしていた獅子顔の方が声をかけてきました。

「あんれ、烈《れつ》。門倉《かどくら》さんとの話し合いは終わったの？　て、門倉さんもういないし」

「逃げやがったんだよあの野郎。クソッタレ。人の獲物、横取りしておいて。何様だってんだ。糞《くそ》インテリが」

先ほどの話からすると、どうやらダンジョン内で狙っていたものを横取りされた……という感じでしょうか。随分と苛立《いらだ》っておられますが、ユーリさんとはお知り合いの模様。そして話しているおふたりを見ていた私に烈さんの視線が向けられました。

「そんで、そっちのおっさんは誰？」

「大貫さんだって。ここの新しい住人……でいいんだよね？」

「そうですね。大貫と申します。よろしくお願いします。烈……さん？」

「ああ。烈でいい。というかおっさん。俺のこと知らねーのかよ？」

というと有名人なのでしょうか。ここは都内に近いですし、ネームバリューのある方が泊まっているようですね。私、よく許可が下りましたね？　まあこんな職業だから入れ替わりは激しそうですが。

「はっは、烈も精進が足んないなー。まあ、あーしのことも知らなかったほどだからねえ」

「すみません。ダンジョンについては疎くて。探索者になってからまだ一週間程度ですし」

「は？　マジで？　何でここにいんだよ？」

烈さんが呆れた顔をしています。まあ、それはそうでしょうね。本来ここに入れる探索者はレベル20を超えた実績のある者だけです。私はレベルも実績も満たしていません。

「探索協会の計らいですね。このラキくんが希少種でして」

私は探索協会が用意してくれた説明を口にしました。嘘《うそ》をついてはいませんしね。ラキくんが従魔ではなく召喚獣というだけで。

「普通のレッサーパンダにしか見えねえが。いや、レッサーパンダは一般人が飼っちゃ駄目な生き物だったよな？」

「そうだねー。だから似てる魔獣なんだろうけど。けどおじさん、まだ低レベルでしょ。収入ないとここに住み続けるの難しいんじゃない？　お金持ちだったり？」

「いえいえ。前職は普通にサラリーマンでしたし、会社が潰れて探索者になった口でして。ただ収入に関しては問題ありませんよ。私もそれなりに鍛えてますし」

「ウッソー」

失敬な。見てください、この力瘤《ちからこぶ》……はありませんね。レベルが上がってもムキムキにはなりませんでした。烈さんがムキムキなのはキチンと鍛えているからでしょう。

「へぇ。腕に自信あんなら俺とやってみっか、おっさん？」

「？　探索者同士の争いは禁止されてるはずですが」

探索者は人の形をした暴力装置とも言われております。そしてそれは事実です。普通の人間ではどうあっても勝てないほどの力の差が存在しています。だからこそダンジョン外での力の使用にはさまざまな制限と罰則がついて回ります。当然探索者同士の私闘など許されるはずもないのですが
……

「ここは探索者専用のホテルだ。で、ここって俺らのための訓練施設なんぞも用意されてるんだよ。遺跡から発掘された魔法具を使って安全に模擬戦ができる設備とかな」

ほおほお、それは少し興味深いですね。

「ちょっ、烈の馬鹿。そんなん無理に決まってるでしょ。どう考えてもおじさん虐待じゃない。弱いものイジメハンターイ」

「わはは、やってみなきゃ分かんねえだろうが」

ユーリさんの言葉に笑って返している辺り、どうやらただの冗談のようです。けれども、けれどもですね、お誘いを受けたのは事実なわけです。だったら選択する権利は私にもあるのですよね？

「そうですね。やってみなければ分かりませんよね」

「あん？」

私の返答が予想外だったのでしょう。烈さんの目が鋭くなりました。舐められた……と思っているのかもしれません。身の程知らずと見られたかもしれません。

けれども彼は高レベルの探索者。私が最高の探索者を目指すのであれば、いずれは乗り越えるべき壁のひとつです。そして安全に強者と戦えるという経験は、今後のために必要かもしれません。

だから……

「ひと勝負だけお願いできますか、烈さん？」

「たく、なんなんだあのおっさんは？」

俺の名前は台場《だいば》烈。鬼肉と書いてオーガニックと呼ぶクランに在籍している探索者だ。クラン名がふざけてる？　俺もそう思う。だがこれは目の前のユーリの、ウチのリーダーが名付けたものであって、断じて俺のセンスじゃねえ。結局クランメンバーの誰もオーガニックとしか呼ばないから、芸能部門のおが肉ってのを立ち上げたんだけどな。

ま、今はどうでもいいか。

そんな俺は現在ちょっと苛立ってる。狙っていた虹孔雀の討伐を昨日、グランマ騎士団にやられた上、騎士団のメンバーである門倉と遭遇して言い争いになったからな。

あのクソメガネ。「君とは付き合ってられないな」とか肩をすくめて去っていきやがって。思わず、あいつの脳天に俺のレッドヴァジュラをブチかます光景を幻視したがどうにか踏み留まった。

今年のシーカーグランプリで吠え面かかせてやるからな、あのヤロー。

それでだ。門倉が去ったラウンジにユーリのヤツと一緒に、場違いそうなおっさんが立っていやがった。

見た目は四十半ば辺りか。背負うようにしているレッサーパンダからは魔力が感じられたので多分ありゃ従魔だ。そんでそのおっさん、感じからしてレベルは10前後で普通に雑魚なんだよな。

従魔の方は分からないがおっさんはマジで弱い。レベル以前の問題だ。立ち振る舞いで普通に分かる。

問題はそのおっさんが俺に喧嘩《けんか》を売ってきたことだな。いや売ったのは俺なんだが、まさか買うとは思わねーだろ。俺はオーガニックの烈だぞ。レベル48。ブラッドクォーツゴーレムとタイマンのステゴロで勝った俺だぞ。

「ちょっと烈ぅ。マージでやるの?」

「うるせえぞユーリ。ちょいと遊んでやるだけだよ。あのおっさんだって多分記念試合的なつもりだろ。大体、このコロッセオフィールドなら死にゃしねえし。そこそこ痛いけどな」

多少の痛みは勉強代だ。探索者なら安全に殺されかける経験が積めるだけでも得難いもんさ。それで心が折れたんならそれまでだ。

ただなー。何でか俺の本能はおっさんを妙に警戒してる。あんな冗談言うのも俺らしくねーし。あのおっさんからはなんかを感じるんだよ。もしかすっとレアスキル持ちか？　まあ、だからって勝負になるたー思えないんだが。

「これは凄いですね。遺跡から持ってきたんですか？」

そしておっさんが感心して見ているのは、四方に水晶でできた柱が置かれた石造りの闘技台。これは川越メイズホテルの地下に設置された遺跡産の戦闘訓練装置だ。

「そうだ。コロッセオフィールドって言うんだ。この中に入って起動させると、魔力の膜が全身を覆ってダメージの肩代わりをしてくれる。と言ってもそれなりに痛いぞ。おっさんも無理せずに諦めてくれてもいいんだからな」

「いえいえ、お構いなく。せっかくいただいた貴重な機会ですので。あ、ラキくんは離れていてくださいね。イッチニサンシ」

緊張感のねえ。いや、肝が据わっているというべきか。この機会を貴重と考えている辺り、ちゃんと探索者として考えてるのかもな。知らねーけど。

「じゃあラキくんはあーしのところね。ほっほー、モッフモフだー」

レッサーパンダが素直にユーリに抱きつかれやがった。いいな。俺も従魔欲しいんだが、テイムは才能と相性だからな。俺にはねえ。世話だって馬鹿になんねーし、戦闘用に躾《しつ》けるには時間もかかるから、テイマーでもなきゃ精々がペット扱いだ。まったく羨ましい。

「ハァ、ユーリと違って俺の相手はおっさんか。まあいいや。さっさとやろうぜ」

闘技台に上がった俺らの身体を淡く青いオーラが包み込んでいく。実戦よりも緊張感は落ちるが、探索者同士で戦える機会ってのはそう多くない。これがあるから俺はこのメイズホテルに部屋を借りてるようなもんだ。こんなおっさんと戦うってのは想定外だがよ。

「そんじゃあ始めるが本当にいいのかおっさん？　トラウマになっても知らねーぜ。それに武器とか使わないでいいのか？」

「構いません。そちらも無手のようですし。ドーンとお願いします。ゴホッ」

おい、自分の胸を叩《たた》いて咳《せ》き込むな。調子の狂うおっさんだな。大体素人相手に武器なんて使うかよ。俺の武器レッドヴァジュラなんぞ喰らったらマジでトラウマもんだぞ。力入れればこの魔法具の防御くらいなら抜けちまうしな。

「じゃあふたりとも始めるよ。位置について」

ま、さっさと終わりにして、部屋に戻るかね。

「試合開始！」

「は？」

目の前におっさんがいた。

何？　何が起こった？

ドゴンッ

「ウゴッ」

腹に何か突き刺さったような衝撃が走って……お、おおお!?　ウッソだろ。体が吹っ飛びやがった。今のは掌底か?　おいおい。こいつ、三味線弾いてやがったのか!?

「ざっけん……あ!?」

俺が咄嗟《とっさ》に踏み留まっておっさんに突撃しようとしたところで見えない何かに当たって身体が止まった。カッテエ。なんだよ、これは!?

「クソッ、何がどうなって……ハァ?」

止むを得ず、一歩下がろうとしたところで、背中にも何かが当たったのが分かった。これも動かねえ。駄目だ。分からねえ。なんだ?　このおっさん、何をした?　というか。

「なんで懐にいんだよテメェはッ」

気がつけばおっさんが俺の目の前にいて……おっさんの手のひらが腹にトンッと当たった次の瞬間、衝撃が連続で襲ってきて、俺の意識は完全にブッ飛んだ。

ふむ、どうやらやってしまったようです。

一応、危険な石砲弾や石銃弾、石散弾は当然封印として、使うのは空気弾と収納ゲートと時間遅延のみに限定して挑みました。

模擬戦開始と共に、まずは初手で時間遅延を発動して一気に近づき、空気弾を撃ち込んだのです。空気弾は石砲弾には劣りますが、近距離でならかなりの威力を発揮してくれます。

けれども相手もさすがに高レベルの探索者の方でした。空気弾一発程度では怯《ひる》んだだけ。それどころか即座に反撃を仕掛けてきたのです。

私もこれには驚きましたが、攻撃を受けるのは嫌ですので、烈さんの進行方向に収納ゲートを置かせていただきました。

レベル50相当だったはずのラキくんのタックルも止めた収納ゲートです。烈さんもこれは突破できなかったようす。であればと、烈さんは即座に後退して距離を取ろうとしたのですが、私の今回の攻撃手段は空気弾のみです。距離を取られるのはよろしくないので、後方にも収納ゲートを置いて動きを止めさせていただきました。これには烈さんも驚いたようで、一瞬立ち止まった隙に、お腹へと空気弾を五発撃たせてもらったのです。

一発だと耐えられてしまうのは確認済みでしたので、数を重ねさせていただきました。

そして烈さんは場外ノックアウトしてしまったのです。どうやら闘技台の膜で守られていても気絶くらいはするみたいですね。勝てて良かったです。ふぅ。

「お、おじさん凄い。烈を倒しちゃった。ウッソー。何なん。今のー。クンフー？　気功ってヤツ？」

「秘密ですね。はい」

探索者たる者、己の手の内を明かすべからずと言います。スキル然り、所持金然り、レアアイテム然り。ラキくんという召喚獣も当然そうです。広まったりでもすれば、知らぬ間に裏のルートに情報が流されて、拉致されて海外の闇組織に売られてしまうのだとか。土曜スペシャリテ『南米の闇市場に売られた元日本人探索者を追う！』で見ました。

ちなみにその売られた方は現在メキシコマフィアの用心棒をしているそうです。奴隷のような扱いではないらしいのですが、拾われてすぐに犯罪の片棒を担がされて共犯関係にされたとのこと。もう日本には戻れないと泣きながらお薬をキメている姿は、未来の自分を見ているようで恐ろしかったですね。気をつけねばなりません。

「はっは、おじさん。思ったよりも探索者なんだねー。あーしはちょっと感心しちゃったよー。あ、烈の写真撮ってアピっとこ。ええと、通りすがりのおじさんにブッ飛ばされた台場烈くん（三十五歳）でっす！　カッコ白目と。おお、これはバズりそうな予感。スクープだ！」

あ、そういうのって勝手に撮っていいんでしょうか。そう私が思っている間にユーリさんはSNSにもう上げたようです。判断が早い。というか、今烈さんの年齢を口にしましたが……

「烈さん、同い年だったんですね」

「え、おじさん。四十代じゃないの？」

「今年で三十五歳ですよ。老け顔とはよく言われますが」

「探索者になると身体機能が強化されて年齢よりも若く見られるっていうけどおじさんはなー。探索者になって一週間かー。レベル上げていけばもう少し若く見えるようになるかも？」

「なるといいですね」

ステータスオールFなので可能性は低そうです。そもそも十代からおじさんと言われていましたし、変わらない気がします。

「それにしても凄かったなぁ。超加速に掌底打ち、後は妨害系？　稼げるって言ったのは伊達《だて》じゃないよねー」

「はっはっは」

「キュルルー」

稼げると言ったのはエーテル結晶が取れるからで、戦闘能力などは関係ないのですけれどもね。

「けどね。烈も今回は舐めプし過ぎてたからこんなんだけど、本気になれば速度に追いつけなくても対処はできると思うよー。どんだけ速くてもおじさんの動きは素人だからね。気を付けた方がいいよー……と、あーしは思うのですよ」

「ご忠告承りました。基本安全運転がモットーですので、ダンジョン内では無理しないように気を付けます」

「うんうん。素直なオジさんでユーリも鼻が高いよ」

おどけた感じで言ってますが、戦闘中もユーリさんはこちらの動きをちゃんと目で追ってましたからねえ。私もそれに気づいてびっくりしましたけど、高レベルの探索者なら反応も可能なのでしょう。時間遅延も無敵ではないということですね。気を付けないと。

「まあ、おじさんならなんとかなっちゃうのかなー」

「何か言いましたか？」

「ううん。おじさんとならこれから仲良くやれそうかなって思っただけだよ」

「？　そうですか。そうありたいものですね」

ユーリさんの私を見る目が少しだけギラギラしているように感じるのは気のせいでしょうか。いえ、中年男の悲しい妄想でしょうね。

ともあれ、私としても手練《てだ》れのハンターとの繋がりが得られることは大きなプラスです。ユーリさんや烈さんとも仲良くやっていけたらと思います。

それから烈さんはすぐに目覚めなかったので、ユーリさんが付き添うということで私は先に失礼しました。なんでもふたりは同じクランメンバーだそうで、名刺もいただきました。鬼肉と書いてオーガニックと読むのですか。変わったお名前ですね。

ちなみに今度配信でラキくんを貸して欲しいと相談されたのですが、ラキくんも乗り気だったので許可してしまいました。まあ小さい方での出演なら問題はありませんよね？

フェアリーブルーム

川越メイズホテル初日はあの烈さんとの模擬戦後、部屋に戻って夕食を食べて就寝し、翌日にはホテル内を見て回って、何人かの探索者の方とも挨拶を交わしました。ラキくん効果ですね。ラキくんが人気過ぎます。

そしてユーリさんと烈さんとの出会いの際の反省から、今回私は名刺を作成しておりました。

名刺。それはビジネスを行う上では必須のアイテムです。まだルーキーの身の上なので後回しにしていた名刺の作成ですがおふたりとの出会いを機に、オンライン注文で頼んでみました。

夜に注文して翌昼には届くのですから大したものです。ワンポイントのラキくん似のレッサーパンダイラストの背景を選べたのも私的にはポイントが高いです。ラキくんを背負っている私が渡すことでお相手様の心をグッと摑むわけですね。伊達に社会人をやっていたわけではない……ということです。

そしてホテルに泊まって三日目、私は再び吉川ゲートに向かいました。

前回はエーテル結晶稼ぎでしたが今回はまだ未探索のもうひとつのパイプの先を調べようと思っています。いよいよ探索者っぽくなってきました。年甲斐もなくウキウキしております。それではいざ、ダンジョンへ！

そんなわけでダンジョン内です。

まず私たちは遺跡に向かったのですが、ここでひとつご報告があります。大型化したラキくんが私を乗せて連れて行ってくれました。ありがたい。感覚が繫がっているためか、まったく酔うこともありませんでした。ラキくんは本当に素晴らしいパートナーですね。

そうして以前は一時間かかった道のりを十分で踏破した私たちは、今は遺跡の中にあるパイプのあった広間にいました。

「じゃあ、ラキくんは一旦小さくなってください」

「キュルッ」

元々は召喚解除して登り終わった後に再召喚……という流れを考えていたのですが、ラキくんが小さくなることで召喚解除の必要はなくなりました。この状態だと私にしがみついているラキくんは重さをほとんど感じないのですよね。召喚獣だからですかね？

登る先は以前のパイプの穴とは反対の壁にあるパイプの穴です。ラキくんたちがいた方は外に繋がっていたのですから、その反対のこちらは中に繋がっているのではないでしょうか。

この遺跡はエーテル製造所と呼ばれる施設のようで、現代で言う石油採掘場に近い役割を持っていたようです。

調査隊がもういないということはすでに価値のあるものは回収されたということで、だから今では遺跡に近寄る人もほとんどいないのですね。

ただこのパイプの穴の先は未発見の場所に通じている可能性もあるわけで、年甲斐もなくドキドキしてしまいます。

はやる気持ちを抑えながら収納ゲートを足場にして登り、反対側のパイプ穴へと無事到着いたしました。

穴の中はラキくんもサーチドローンも反応はなし。一応私自身も周囲を見渡しましたが、蜘蛛の子一匹おりません。

蜘蛛の子と言えばマナタラントとは今回遭遇していませんね。まあこの遺跡に魔力結晶は生えていませんし、餌がないならここにいる理由もありません。一応警戒はしておきますが彼らも元の住処に戻ったのでしょう。

私はシーカーデバイスのライトをつけ、暗い穴の中の視界を確保し、すぐに時間遅延を発動できるように収納空間も待機させながら、ゆっくりと中へと足を踏み入れました。

「これは誤って落ちていたら死んでいたでしょうね。教えてくれてありがとうございます、ラキくん」

「キュルッ」

暗いパイプの中を突き進んでいくと、直滑降に落ちるように真下にパイプが伸びておりました。危うく気づかずに落ちそうでしたが、ラキくんが止めてくれたおかげでことなきを得ました。

「ふーむ。道中に分かれ道もありませんでしたし、降りてみますかね、ラキくん？」

「ガッ」

ラキくんも乗り気のようです。

降りる方法がなければここで試合終了でしたが、幸いなことに私は収納ゲートを足場にして降りることが可能なのです。

トン、トン、トンと階段のように並べてゆっくりと降りていきますが、思ったよりも深いですね。

実のところエーテル製造所はダンジョンではよく見かけるもののようでして、構造も大体似ているとのこと。ですので私も今回は事前に施設の構造を予習しておりました。

だからこのパイプもエーテルを外に流すものだと思っていましたし、たどり着く先はエーテルタンクのひとつで、エーテルが固まった高濃度のマナジュエルでも転がっていれば……なんて期待もしてたのですが、一番底までたどり着いた私が目にしたのは大きな扉でした。

「キュル？」

ラキくんも首を傾げていますね。

パイプの先に扉がある。つまりこのパイプはエーテルを流すためではなく、人が出入りをするためのものだということです。それはつまり、どういうことでしょう？　残念ながら私にはその意味が分かりません。

もしかしてこのパイプはエーテル搬出用に見せかけたダミーで、元々ここは人が通るためのものだった……ということでしょうか？

なんだか犯罪の臭いがしますね。この遺跡を造った異世界人はここで隠れて何かをしていたのかもしれません。

覚醒施術によって得られるスキルの中には、この直滑降のパイプを降りることも可能な浮遊や飛行のスキルなどもあります。異世界人であれば、パイプの中を移動するためのスキルを持っていたり、専用の魔法具を用意することも可能でしょうし、ここを通路とすることもできたのでしょう。

「ラキくん、大きくなっておいてもらえます？　この先、危険かもしれませんので」

「キュルッ」

私の指示でラキくんが2メートルサイズに肥大化していきます。これで扉の先でいきなり襲われたとしても対処は可能でしょう。とはいえ、まずは扉をどうにかする必要はありますが……かなり頑丈そうなので石砲弾の連射で試してみます。

ズガガガガンッ

ズド――――ン

石砲弾四連射を放ちましたが、それでも扉は砕けませんでした。けれども、支えている左右の柱は違ったようですね。柱がボロボロと崩れて、頑丈な扉が大きな音を立てて後ろに倒れました。

ゴォ――――ンという音が響き渡り、思わず身構えてしまいましたが、何も起こりません。中から何かが飛び出してきたりもしません。埃《ほこり》が舞って私とラキくんがゴホゴホしたぐらいです。

扉の先の様子ですが、そこそこ風化こそしているものの、荒らされてはいない模様。恐らくここは未発見エリアなのでしょう。

実のところ、こうした施設を発見した場合には探索協会へと即時報告が推奨されています……が、これは絶対ではありません。以前にそうした対応を強行しようとした某国が上級探索者の方々によってずいぶんと痛い目に遭わされた結果、あくまで推奨という形に落ち着いたのだとか。

なので私が探索することは誰も拒むことはできないのですよね。ふふふ。それでは未知への一歩を踏み出しましょう。

　さてこの施設内に入った感想ですが、天井からは自然光に近い光が出ていて暗い感じはなく、奇妙な清潔感があります。

　どうやらここは上の遺跡のようなエーテル製造所ではありませんね。造りを見る限りは病院……もしくは研究所、収容所のようなところだったのではないかと思います。

　窓ガラスが嵌められた部屋がいくつもあって、室内には白骨死体が転がっているのも確認できました。

　風化しているためにグロさはありませんが、外に出ようとした形跡があり、扉に無数の爪痕が残っています。

　ちなみに扉はすべて閉まっていて、部屋の中には入れません。

　まあ見る限りは白骨死体と風化した服ぐらいしか室内にはありませんし、閉じ込められた人間のいる部屋に何か希少なものがある……というのも考え辛いです。そもそも呪われそうであまり入りたくありません。

　魔獣は出ませんが、この中は明らかに異常です。ここは人の正気とか倫理感とか、そうしたものを置き去りにしている何かを感じます。正直な感想を言わせていただきますと、もう引き返して協会に引き継ぎたい気持ちでいっぱいなのです。

けれども、そうした私の想いは叶いそうもありません。なぜなら……

「ガッ」

突然のラキくんの声と共にサーチドローンの反応があったのです。つまりは私たち以外に動いている物体が存在しています。

そして通路の奥から出てきたのは……アレは人形でしょうか?

太ももは太く、膝から足先までは細くバッタのようで、腕は左右二本ずつの四本で、それぞれ大きなナイフを持っています。頭部にはギリシャ神話の彫像のような人間の顔の仮面が付けられていますね。

ただ、どうなんでしょう。明らかに戦闘を前提にしているような格好ではありますが、魔獣ではありません。もしかすると、施設内のナビゲーションロボットのような存在なのかもしれません。ああ見えて結構友好的な反応をしてくれるかも……あ、短剣を構えて走ってきました。アレは無理ですね。

「ラキくん、私が動きを止めますので対処をお願いします」

「ガッ!」

ラキくんも戦闘モードです。

私は迫る四つ腕人形の周囲に10の収納ゲートをすべて展開しました。今の私の収納ゲートの射程距離は、正確さを求めるなら5メートル程度。近づかれる前に動きを止めることは十分に可能です。場合によっては収納ゲートを破壊されて突破されることも想定していましたが、四つ腕人形はぶつかって弾《はじ》かれましたね。大丈夫なようです。

「キュルッ、ガ――――！」

続けてラキくんが飛びかかり、私が収納ゲートを解除するのと同時に両腕を振り下ろして四つ腕人形を床に叩きつけました。バキリと床が砕け、人形がうつ伏せに倒れます。

「やりましたねラキくん」

「フ――――」

おや、倒したと思ったのですがラキくんは戦闘モードを解きません。見れば四つ腕人形が震えております。どうやらまだ動ける模様。となれば……

バキャンッ

私は即座に石砲弾を撃って頭部を破壊しました。ほぼ同時に四つ腕人形がナイフを持つ四本の腕を振り上げていましたので、私の攻撃はギリギリのタイミングだったようです。位置関係からするとラキくんが攻撃されて怪我《けが》をしていたかもしれません。怖いですね。

「フーッ」

あ、また微妙に動いているのでラキくんが踏み潰しました。今度はピクリとも動きませんね。完全に停止したみたいです。

「ありがとうございますラキくん」

「キュルッ」

さてと、まずは持ってたナイフ4本は危ないので回収してしまいましょう。サイズ的にちょうど私の収納空間に入るようです。石砲弾の方が破壊力はあるでしょうけど、こちらの方が貫通はしやすそうですね。まあ、折れちゃうでしょうから撃つのは勿体無い気もしますが。

さて、仕留めた四つ腕人形ですが、確認したところ全身の装甲はどうやら人間も着られるタイプの軽鎧であったようです。素材も軽く、薄く、ラキくんの攻撃を喰らってもひしゃげていませんでした。アジャスター付きで私でも着られそうですので、こちらはお持ち帰りします。

また胸の装甲を剝がすとマナジュエルがハマっていましたので回収しました。マナジュエルの買取額は50万円。つまり四つ腕人形は一体で50万円以上の収入が得られるボーナスエネミーというわけですね。

それにしてもこの四つ腕人形は、魔獣ではなく、異世界人産の警備ロボットのようなものなのでしょうか。魔法具の一種だと考えれば、上手く捕獲できれば私が操作することも可能になるかもしれません。他に稼働している個体がいるかは分かりませんが、できれば一体ぐらいは無傷で捕まえて持ち帰りたいですね。

はい。捕まえました。

「ふ――――」

「大丈夫ですよラキくん。動きませんから」

あれから通路を進んですぐに四つ腕人形が二体出てきました。やはりこちらを認識した途端に駆け出してきたので、時間遅延で動きを遅くし最初の一体の四肢……六肢？　と頭部を石砲弾で破壊しました。続けてもう一体は収納ゲートで取り囲んで拘束し、ラキくんに胸部装甲を剝がしてもらってマナジュエルを抜き取って確保したのです。やはり動力源であるマナジュエルを外せば止まるようです。

そんなわけで確保した個体はラキくんに担いでもらったのですが、ラキくんはまた動き出すのではないかと警戒している模様です。見る限りは大丈夫そうですが、予備バッテリーが存在している可能性もありますし、注意はしておきましょう。

それにここから上に戻るときのことも考えなければいけません。あの真上に伸びているパイプ内部を四つ腕人形を持って登って行くのは大変です。一度戻って底まで届く長いロープを用意して引き上げていくしかないですかね。こういう時は普通の収納スキルが羨ましく感じられますが、ないものねだりをしても仕方がありません。上の遺跡に通じている通路でも見つかればいいんですけど。

「フーッ、キュルッ」

「あ、はい。そうですねラキくん。今は目の前のことに集中しないと」

この先のことを考えていたらラキくんに叱られてしまいました。

確かに一瞬の油断が命取りになるのが探索というもの。

とはいえ、本当にここって何の施設なのですかね。窓ガラスで部屋内部が見れるのですが、どうにも中の様子を観察するための部屋……という感じで、室内に白骨死体があるのも気になります。人体実験か何かの被験者を観察してた……ということですかね。

その後も四つ腕人形が何度か出てきましたが、苦戦はせずに仕留められました。近接のみですし、油断しなければ同じパターンで倒せるようです。

そして手に入ったマナジュエルは全部で9個、ナイフは36本です。人形本体や鎧は嵩張るので放置です。持ち帰る方法が決まったら回収しに戻りましょう。

通路の一部が崩れて進めず、今のところ悪趣味な観察室ぐらいしか見るべきものはなく、室内にも目ぼしいものはありません。もしかすると、崩れた通路の先に研究室とか備品庫とかあったのでしょうか。現時点でも四つ腕人形のおかげで450万円以上の収穫はありましたので、問題はないのですが。

「キュルッ」

「おお、ラキくん。確かにあそこは開いていますね」

さらに先に進んでいくと、ラキくんが扉の開いた部屋を発見いたしました。窓ガラスは真っ暗で中が見えなくなっていますが、これは室内が隠されているのではなく木の根？　……が、内側に張り付いているだけのようです。扉も内側から伸びている木の根っこに強引にこじ開けられていた感じですね。

警戒しつつ中に入りましたが、そこは体育館くらい広く、天井もずいぶんと高いです。また中央には大木がありました。ここは一体……うん？

「あれは……蕾《つぼみ》？」

「フ――――ッ」

ラキくんが警戒しています。サーチドローンも、大木から何かしらの反応があると警告をしてくれています。それに覚醒施術を受けた私も、今では多少魔力の流れというものが感じ取れるようになっているので、周囲の魔力が大木の中心の花の蕾らしきものに流れているようなのが分かります。

まごまごしている間にも大木が枯れ始め、枯れ葉が雨のように落ちてきました。蕾を狙って撃とうかとも思いましたが止めました。敵意は感じませんし、悪いものでもなさそうです。

そうしている間にも蕾がふくらみ、花びらが開き始めます。

さて、鬼が出るか蛇が出るか。そして、

「※※※※※※※※？」

花の中から出てきたのは全長15センチメートルほどの、蝶《ちょう》のような羽の生えた女性でした。アレはもしかして妖精というものでしょうか？

何かこちらに話しかけてきているのですが、私には何を言っているのかさっぱり分かりません。

これは……フランス語？

いいえ、ボンジュールなどとも言っていませんし、多分違います。異世界の言語ということでしょうか。

敵……というわけではないようです。

敵意や殺意を感じません。なんとなくですが。ラキくんも戸惑っているようです。ただ、私にも分かっていることはあります。それは……

ゴゴゴゴ……

あー。多分、ここ崩れますね。

どうやらこの施設、目の前でしおしおに枯れてしまった大木が支えになっていたようです。建物に侵食していた枝や根が枯れたせいで、この施設全体に波及して崩壊し始めている……そんな感じで軋《きし》み始めているのですよ。

「※※※※!?」

妖精さんが慌てた表情で何かを言っています。

可愛いですね。ほっこりしてしまいます……が、何が言いたいのかさっぱり分かりません。さっさとこの場を去らないと、潰されて死んでしまいそうなのですがね。

というか、入り口のパイプがすでに崩れていたらどうしましょう。ハァ、ここで考えても仕方ないですね。妖精さんも気になりますが、やっぱりここはさっさと戻りま……

『魔獣から従魔契約を求められています。応じますか?』

突然、シーカーデバイスから電子音声が発せられました。こんな時に?

魔獣との主従関係を成立させる従魔契約は、シーカーデバイスを介することでシステマチックに行うことが可能です。

元々の複雑な契約を、機械を通してワンタッチで可能にしたというのは実に現代らしくて結構ですが、従魔契約はスキルと紐付いているために私では一体のみとなります。

そもそも従魔契約は発動すること自体が稀《まれ》で、普通は捕獲して時間をかけて飼って人類への敵対意識を解いて信頼を勝ち取って……というのが基本のはず。

ともあれ、ラキくんは別枠の召喚獣で契約済ですし、この場で契約というとあの妖精さんからでしょうか？

私が妖精さんを指差すとブンブンと首を縦に振っているので間違いないようです。チョロい……と言っても良いのでしょうか。妖精さんがどの程度の魔獣なのかは知りませんが、私のスキルはランクF収納ですからここを逃せば、次の機会がいつ訪れるか分かりません。ならばやれる時にやるのが良いでしょうね。

ではシーカーデバイスの『はい』ボタンをポチッと押します。

「※※※※……あぁ※※」

すると目の前の妖精さんと私の間に何かしらの繋がりができたのを感じました。それはラキくんとの繋がりとは似ているようで少し違う感じです。

この繋がりのようなもの、ラキくんとは直通という感じなんですが、妖精さんとは別の何か、多分スキルを経由して繋がってる……ような感覚です。

「※※らぁ……やっと繋がった。もう遅いのよ」

そしてパスの繋がった妖精さんからお叱りの言葉が。

「ハァ、申し訳ありません。それであなたは一体？」

「私は妖精女王！　妖精の女王様なのよ!!」

ふくよかとは言い難い胸を張る女王様です。

正直に言わせていただければ、お姫様という方が似合う外見をしております。

「いいこと。落ち着いて聞きなさい。ここは崩れるわ！」

「はい。確かに崩れそうですね。なので私もここからすぐに逃げ出したいと考えているのですが」

できる限り速やかに、ともかく拙速に。今話している時間も惜しいのですが……そう思っていると、彼女は首を横に振って入り口を指差しました。

「甘いわね。激甘よ。途中で死ぬわ。ほら見なさい」

あーあ。すでに扉の外の通路が崩れていますね。

もう帰れません。困りました。いえ、本当に困ってはいるのですよ。リアクションが薄くて申し訳ございません。ただ、こういうことに私は慣れておりません。困った……としか思えないのですよ。

「けれども私と契約したあなたは大ラッキー。さあ、私に名前を与えなさい！　それで契約は完了するわ」

名前を与えるというのは召喚獣の契約と同じですね。

名で縛ることで繋がりを確定させ、契約を成立させるというわけです。

「ええと、それでここから出られるということでしょうか？」

「そうよ。このままだとここは崩れて私もあなたもそっちの獣も死んじゃうわ。だから急ぎなさい契約者」

どうやら妖精女王さんは脱出手段があるようです。最悪、天井を岩砲弾で破壊して上の遺跡と繋げようかと考えていましたが、他に逃げる手段があるというなら、まずは言われた通りにしてみましょう。

妖精女王さんの名前でしたら……確かオベロン……は男で、その奥さんはティターニアでしたっけ？　長いからティー……ニア……うーん、少し捻って。

「妖精の女王であるティターニアから取ってティーナというのではいかがでしょう？」

「ティーナ？　あら、良い名前じゃない。うん、『繋がった』」

妖精女王さん改めティーナさんと、私の間にあるパスが完全に繋がりました。

それと同時にティーナさんから私、私を通じてラキくんにまで魔力が流れてきます。

あ、サーチドローンもこっちに。

「契約者の記憶を元に座標をセットするわ。さー転移するわよー」

「転移？　お、おお!?」

次の瞬間、私の目の前は白に染まりました。そしてすぐに視界が晴れ、次に目の前に見えたのは遺跡の入り口と崖にかかっていた壊れた橋でした。

「ここは……遺跡の橋の前？　あ、ラキくん？　サーチドローンもみんな大丈夫ですか!?」

「キュル」

慌てて周りを見た私の視界には、四つ腕人形を担いだラキくんとサーチドローンの姿がありました。妖精女王を名乗っているティーナさんも一緒です。どうやら私たちは、遺跡の前の崖の手前に転移したようです。

「ティーナさん。これって転移ですよね？」

転移とは、一瞬で離れた場所に行けてしまうスキルのことです。私の収納スキルと違って、希少でランクが低くても非常に有用であると言われています。短距離転移だけでも戦闘ではかなり優位に立ち回れるようになりますからね。私とラキくんも含めてこの距離まで転移できるとなると、もしかしてティーナさんはとんでもなく優秀な方なのでしょうか？

「そうよゼンジューロー。そして見なさい。あの忌々しき施設がぶっ壊れていくわ」

空中で腕を組み、仁王立ちで静止しているティーナさんの視線の先では、遺跡がガラガラと崩れていくところでした。入り口周辺もひび割れ、反対岸の崖が割れて下へと落ちていきます。既に壊れていた橋も根元まで一緒に落下し、暗い闇の底に消えてしまいました。

「危機一髪……だったんでしょうね。助かりましたティーナさん」

「でしょう。ふふん、私の力に感謝なさいゼンジューロー」

元気の良い妖精女王様のようです。ですが彼女の転移がなければ、今頃私とラキくんが瓦礫に潰されていたことは事実。どうやら、心強い仲間が増えたようですね。

ところでティーナさんはなんで私の名前を知っているのでしょうか？

「ティーナさんは記憶がないのですか？」

「うーん、そうなのよ。ゼンジューローと会う前のことってまったく覚えてないのよねぇ。前からなかったのか、ゼンジューローの記憶で上書きされたのかも分からないし。何語で喋ってたかって？　ごめんなさい。言語系は完全に上書きされてるっぽいの。多分、私が妖精女王なのは……本当だと思うのだけれど？」

吉川ゲートに戻る途中、あの場所にいた事情をお聞きしたところ、そんな言葉が返ってきました。

ティーナさんは現在、日本語を話しておりますが、これは私の記憶を拾って自分の中に焼き付けたものなのだそうです。

一緒に地球の知識も習得しているそうで、私のプライバシーがノーガードでデンプシーロールされるようなことが従魔契約の際に行われているらしいですね。ラキくんもお利口ですし、同じような感じなのかもしれません。

まあ、人様にお見せできないような人生は送っておりませんので、問題はありませんが。

「もしかすると異世界人のことが分かると思ったのですが、そう簡単に分かればみなさん知っておられますよね」

「異世界ねえ。残念だけど今の私はゼンジューローに染められちゃってるから、なーんにも分からないわねぇ。ゼンジューローのことなら全部分かるけど」

「ハァ、そういうものですか」

私のことなど知っていても仕方がありませんね。

とはいえ、今回の収穫はマナジュエルが全部で9個、ナイフは36本、四つ腕人形一体に、人形の鎧一セット、さらに従魔の妖精女王ティーナさんも付いてきましたので、非常に良い感じではあります。

遺跡をひとつ潰してしまいましたが、あれは仕方のないことでした。ティーナさんが目覚めればどうせ壊れていたのですから、遅かれ早かれといったところでしょう。

そう考えてひとまずは外に出ようとしたのですが、吉川ゲート前にたどり着くと何やら騒がしいご様子。探索協会の職員と探索者たちが集まっております。何かあったのでしょうか？

「おお。あんたも戻ってこれたのか。どうやら無事なようだな」

「はい。おかげさまで。何かありましたか？」

「ああ、何か……というかアンタ、まさか気付かなかったのか？　少し前にダンジョン内で地響きがあっただろう。どこかで崩落した可能性もあるから、ダンジョンに入った探索者の確認を行っていたんだ。シーカーデバイスにも通知がいっているはずだが」

「通知ですか？　ああ、確かに」

魔獣に聞かれる可能性もあるため、基本はサイレントモードのシーカーデバイスですが、確かに警告の通知が入っていますね。

「なるほど、地響きですかぁ。うーん」

「うん？　何か知っているのか？」

首を傾げている私に職員の方が尋ねてきました。知っているも何も、それって多分遺跡の崩落のことですよね。切り出し方次第ではまたお叱りを受けそうですが、どう話しましょうか。

「ねえ、それって遺跡のことじゃないのゼンジューロー」

おや、ティーナさんが言ってしまいましたね。まあ良いでしょう。元々報告するつもりでしたし。シーカーデバイスで録画した映像もありますから、こちらを提出して説明すれば大丈夫でしょう。

うん？　皆さんの視線が……ティーナさんに向いていますね。

「フェアリーが喋ってる？」

「どういうことだ？」

「魔獣が？　まさか」


どうやらみなさん、ティーナさんが珍しいようですね。

「あの……何か？」

「いや、失礼。そちらの妖精は君の従魔なのか？」

「はい、そうですよ。実は、今お話しされた地響きに関係する状況に遭遇いたしまして。彼女はそこで契約をしたのですよ」

「なるほど……遭遇したねえ。なるほど」

「はい、その通りです」

私はニッコリと微笑みながら頷きました。

こういう時は下手に慌てたり、騒いだり、怯えたり、下手に出たりするのはよろしくはありません。堂々としていれば、案外問題視はされないものです。

ほらご覧ください。私の言葉に、職員全員が目配せをして頷いてくれました。そして私はそのままガッチリ取り囲まれて、事情聴取の名の下に吉川ゲートを出ることになったのです。連行されたとも言いますね。まあ悪いことはしてないですし、問題はないはずです。きっと大丈夫です。うーん。大丈夫ですよね？


「大貫さん、今回何度目の探索でしたっけ」

「確か六度目ではなかったでしょうか？」

「ですよね。まだ六回しか潜ってないんですよね。濃い人生送っているとは思いませんか？」

「そうですね。それはそう思います」

はい。有休を取ってウェーブフリークスで柔術開戦の二期を連続視聴しているところに緊急召集がかかって休み返上で事務所に直行することとなった探索協会一般職員の沢木です。早く戻って若い頃の後生パイセンを見たい二十四歳の乙女です。辛かとです。

それで今回呼び出された原因は、またもや私の担当探索者の大貫氏でした。

会社が潰れて無職になったので探索者になって一旗揚げたい……なんて無謀な夢を抱いてこの業界にやってきた、変わったおじさんです。

まあ夢を見るのは勝手、破れるのも勝手、掴むのも勝手……と言いたいところですが、この方はほとんど最短ルートで成功し続けているのですよね。こういうのを才能っていうのでしょうか。見た目は普通のおじさんなのですけれども。

そもそもですね、本来探索者の担当なんて、最初に挨拶交わした後は、事務手続き的な連絡以外はほとんどしないのが普通なんです。

何かあった時には探索協会の窓口になったりはしますが、今回はその何かがあったというわけで、聞けば聞くほどに頭が痛くなるお話でした。

まず、ことが起きたのは本日の十一時五十八分。吉川ゲート内のダンジョンに設置されているシーカープローブが振動を感知したのが始まりです。その後、崩落の可能性を考慮して職員と探索者を集めて調査を行おうとしたところに大貫氏が帰還。

当人の説明によると、E型遺跡の隠しエリアを発見して探索していたそうで、内部に生えていた大木の花の中から妖精女王を自称する妖精タイプの魔獣と遭遇。その場で枯れ始めた大木の支えを失った遺跡が倒壊し始めたため、大貫氏は妖精タイプを従魔にして転移で無事脱出したとのことでした。

また当人の説明と記録された映像に乖離《かいり》はなく、判定ＡＩもノットギルティと判定したために大貫氏は無事釈放となりました。いや、任意同行でしたけどね？

ちなみに大貫氏が手に入れた四つ腕人形は、フォーハンズと呼ばれている護衛用の人型魔法具です。まんまですね。軍事用と思われる遺跡で発見されることがあり、手を加えれば我々が扱うことも可能です。

またフォーハンズのナイフと鎧は特別な効果はないものの、固定化処理がされていて、とても頑丈ですと説明したら大貫氏はとても喜んでいました。

妖精タイプの従魔も問題はありません。いや喋れるのってどうなのという話なんですが……喋れるタイプの従魔も存在はするんですが、あそこまで流暢《りゅうちょう》なのは珍しく、後ほど探索協会経由で質問がいくかもしれないと大貫氏には説明いたしました。

「……ひとまずはそんなところですかね。今回提供いただいた映像については、内容を精査した上で情報料をお支払いしますので、その際には確認と了承をお願いいたします」

「承知いたしました。映像の情報料というと、何か価値のあるものが映ってたんですか？」

「妖精のティーナさんが最初に喋った言葉が重要だったようですよ。その後の行動を考えれば、彼女が大貫さんに何を促したのかは予想が付きますし。異世界人の言語研究において重要な発見になるかもしれないとのことでした」

「ああ、なるほど。確かにあの時のティーナさんは従魔契約を促していたはずですものね」

「はい。それとあの隠しエリアの映像については、一般公開は不許可になるそうです」

「ハァ、そんなに危険なところだったんですか？」

大貫氏は首を傾げましたが、あの場所は異世界人のスキャンダルのようなものです。私も映像を見てしまったため、機密情報漏洩《ろうえい》防止に関する契約書を何枚も書かされました。

「あの場では人体実験を含めた生物実験を行っていた可能性があります。これが世間的に漏れると色々と問題が起こりそうで。ほら、一時期異世界人に奴隷制度があったことが騒がれていたじゃないですか。あの手の問題がまた起こりかねないから……という話ですね」

「なるほど。デリケートな問題ということですか。分かりました」

大貫氏も納得の顔で頷いています。

そして録画された映像の一部非公開と機密情報漏洩防止のための契約を交わした後、大貫氏にはお帰りいただきました。本人は逮捕されなくて良かったですと安堵《あんど》していました。私もそう思います。担当した探索者が犯罪者になったとか冗談じゃありません。

それにしても、一緒にいた妖精のティーナさんとレッサーパンダのラキくんは可愛かったですね。仕事中でなければもっと一緒にいられたのに残念。

ともあれ、これでやることはやりました。

あとは帰って柔術開戦の続きでも見ましょうか？

え、駄目？　こっから情報の精査と報告書のまとめと各部門への通達ですか？　え——ブラック
——!?

善十郎千年紀　犬の餌

欲望とは知恵の実であり、プロメテウスの火である。

欲望とは性悪であり、命の指針であり、人たらしめる根幹である。

されど、それは時に自身を灼《や》く。自身のみならず、すべてを灼き尽くす。

それ故に人は自らに枷をはめた。

それが社会であり、法であり、秩序であり、犬とはそこから外れることなく寄り添うものである。

善十郎は犬である。歪《いびつ》ではあるが、社会の歯車であろうと足掻《あが》く犬擬きであった。

けれども、それ故に外れた者への躊躇《ちゅうちょ》はない。

何故ならば、彼らは律の外にいる者。

それ故に彼らはもはや人ではなく、ただの犬の餌であった。

第三章　危機管理編

グリーンモンスター
「ふふふ。ナイフ、これは良いものですね」

吉川ゲート先の水晶窟の地震騒動はローカルニュースにも載ったほどでしたが、被害者は出ておらず、風化した遺跡の自然崩壊という体で記事にされていました。
実際には違うのですが、異世界人の人体実験の話などはあまり表に出したくはないらしく、そういうことになったのだと思います。探索者になるために首裏に埋め込まれたエクステンドプレートなども異世界人の技術だそうですし、人体実験や奴隷などに結び付けられて世論が動くのを嫌ったのでしょう。

ともあれ事情聴取後解放された私は、川越メイズホテルへと戻り、今はホテルの地下室を借りて今回の拾得物の確認をしております。すでに鑑定も終えていますが、なかなかのものが手に入りました。

中でも私が一番目を惹かれたのはナイフでした。

施設内で戦った四つ腕人形は、『フォーハンズ』と呼ばれる人型魔法具だったそうです。また彼らが装備していたナイフはロックナイフと言い、特別な効果はないものの固定化の付与がされともかく頑丈なんだとか。

ロックナイフのロックは岩の硬い……ではなく鍵をかけたイコール固定化したという意味でのロックなのだそうです。

まだ試してはいませんが収納空間で飛ばしても壊れないシロモノである可能性は高いと思われます。なので今回回収した36本のロックナイフはすべて残しておくことにしました。

一緒に手に入れた軽鎧の方もロックメイルといい、同じように固定化の付与がされていました。薄く、軽く、細身のフォーハンズでも装備できるもので、私が着ている体にピッチリなプロテクトスーツの上からでも装備が可能です。

プロテクトスーツも合成樹脂製で軽くて丈夫ですが、防御力よりも衝撃吸収に重きを置いた造りになっていますので、ちょうど良い防御バランスになるのではないでしょうか。

それからフォーハンズの動力源だったマナジュエルなのですが、探索協会に調べてもらったところ、普通のマナジュエルではなく、より高性能なハイマナジュエルというものでした。よく見ればマナジュエルよりも色が濃いのですよね。分かりづらいですけど。

これをサーチドローンに搭載したところ、消費よりも供給の方が上回りましたので、メンテナンスさえしっかりできればほぼ無尽蔵の活動が可能となりました。

そんなわけで元々持っていたマナジュエル三つは150万円で売却とし、ハイマナジュエルは珍しいもののようなので九つすべて残しておく予定です。

そして、無傷で回収したフォーハンズなのですが……

「立ちなさい」

「ほぉ、動いてますね」

私の従魔となったティーナさんの命令で動くようになったみたいです。

遺跡内部の時のように、こちらに襲いかかってくる様子はありません。一応、ホテル内に用意された専用の頑丈な地下室で作業していたのですが、杞憂《きゆう》だったようです。

「ティーナさん。頭部にひまわりのようなお花が生えていますが、何をしたんですか？」

「んー、私の眷属の植物を介して操ってるの。一応、私以外にゼンジューローの言うことも聞いてくれるようにしたわよ」

頭の花がくねくね動く様は、かつてのダンスするフラワー的な商品を思い出します。あと、私の言うことも聞いてくれるのは嬉しいのですが、ティーナさん……この花、人間とかにも使えたりはしないですよね？　いや、聞くのが怖いので聞きませんが。

「ティーナさん、このフォーハンズは戦闘可能なのですか？」

「問題ないわ。戦闘プロトコルはしっかり残ってるし、元の戦闘力も保持されてるはずよ」

「それは良かった。遺跡内ではバッタのように飛びかかって襲ってきたわけですし、頼もしい味方となってくれそうですね」

「記憶を見た限りだと、ゼンジューローには傷ひとつ付けられなかったみたいだけど」

「私のスキル、思ったよりも優秀なのですよ」

「知ってるけどねー」

ちなみにティーナさんは従魔として、探索協会マーク入りの首輪を腕輪にして身に着けています。可愛くないからと色々とデコっていますが、こういうのって改造しても大丈夫なのでしょうか？　まあ、怒られたらその時に考えますか。

次の探索はこの新メンバーで向かいたいと思います。

吉川ゲートではお騒がせしてしまったので今入り辛いということもありますが、元々レベル10で出せるようになった解析付き収納空間を生かしたダンジョンに移動予定でしたし、ちょうど良い機会だったかもしれませんね。


「おじさん、ヤッホー。って、なんかラキくん以外にも増えてんね」

私たちが地下室を出て通路を歩いていると、オーガニックのユーリさんとバッタリ出会いました。どうやらユーリさんはトレーニングルームにいたようです。トレーニングウェアを着ていて、少し汗をかいています。

「おはようございますユーリさん。こちらは、新しく私の従魔になっていただいた妖精女王のティーナさんです。彼女が乗っているのはフォーハンズという人型魔法具ですね」

「はーいどーも、ユーリお姉さん。動画見させてもらってまーす」

手を振って挨拶したティーナさんは、フォーハンズの頭部のひまわりもどきの上に正座しています。そして、ユーリさんの視線はそんなティーナさんに釘付けです。何やら大変驚いております模様。

ティーナさんは、昨日からシーカーデバイスでメイチューブを視聴しておりましたから、ユーリさんの動画も見ていたのでしょう。ティーナさんの身長は15センチメートルなので、タッチ式の大型テレビを触るような感覚なのでしょうかね。

「あーしの動画を!? え、この娘喋ってる? どっちを? あーしはどっちを驚けばいいの!?」

おや、ユーリさんが動揺しています。妖精型の魔獣は、欧州のゲートのダンジョンでは普通に生息しているはずなのですが。

「あの、ユーリさん。ティーナさんは珍しい従魔なのでしょうか?」

「うん。すっごく珍しいよ。妖精型ってのも日本じゃ珍しいけど、喋ってるってのはねー。一応言葉を覚えさせると話せる従魔もいるけどさー。でも、ここまで流暢に話せているのはあーし見たことないなぁ。喋れそうなタイプって大体は壊れちゃってるし」

「壊れてる?」

首を傾げる私にユーリさんが「そーなのさー」と言って頷きました。

「狂獣とかルナティックモンスターとか言われていてね。一定の知性を持っている魔獣はみんなおかしくなってるんだよねぇ。だから喋れるのは、そういうのを何かしらの条件ですり抜けたか、そこまで知性が高くないのを教育したかって感じなんだー」

知性のある魔獣はみんな壊れている？

奇妙な話ではありますが、ティーナさんにはそういう素振りはありませんね。出会った当初は知らない言語で話しかけてはきましたが、あの時も理性的でした。

「ティーナさんはとても賢い感じですけどね」

「あーしもそう思う。だから驚いてるんだけど。ね、ねえおじさん。以前に頼んでたラキくんの出演だけどティーナちゃんも一緒にお願いしたいんだけど！　駄目？　隠しておくっていうなら諦めるけどさー」

上目遣いのユーリさんのお願いに、私は眉をひそめました。

配信者が従魔を出演させることは比較的ポピュラーのようなのですが、ラキくんは召喚獣、ティーナさんはとても珍しい話せる妖精さんです。表に出ることでどういう反応が起こるのか想像がつきません。

ただ探索協会からは、ティーナさんは普通の従魔扱いで問題ないと言われていますし、ラキくんも召喚獣だと明かさなければ多分問題はないでしょう、多分。ワシントン条約もレッサーパンダに似ているだけの魔獣には適用されません。となればティーナさんの意思次第ですが……

「配信……私、興味があるわゼンジューロー」

目を輝かせてティーナさんが頷いています。となれば仕方がありません。ティーナさんが良いのなら私としてもその意思を尊重したいと思います。

そんなわけで、ラキくんと共にティーナさんも、ユーリさんの配信に出演決定となりました。私の出演？　いえいえ。私のような普通のおじさんが出ても面白くはないでしょうし、丁重にお断りしましたよ。


ユーリさんにラキくんとティーナさんの配信出演を了承してから二日が経ちました。

本日からいよいよ新メンバーでのダンジョン探索となります。

ちなみに昨日はダンジョンタウンに行って参りました。目的はマナジュエルの売却と、ティーナさんとフォーハンズに必要なものを買うためにですね。

ティーナさん用には小型端末とドールハウスと衣装、フォーハンズにはデカデカ太ももを覆えるようなガウチョパンツと、四本腕でも着れる防刃タンクトップと防刃ベストを選びました。

防御性能はそれほど高くはありませんが、これで腕を一対は腕組みしてる状態にすれば出歩いてもそれほど違和感はないはずです。

さすがにＳＦ映画から飛び出してきたようなひまわり頭のロボット兵士は、ティーナさんとラキくんとは違った意味で目立つので、一応のカムフラージュです。ちゃんと観察すれば人間でないのは一目瞭然ですが、こういう偽装をすることで日常に溶け込ませられるわけです。そう思って買ったのですが、人間にはやはり見えませんね。まあ、良いです。服を着ているだけでも親しみがちょっとは湧いた気がしますし。

それとフォーハンズ用の武装ですが、盾二枚に槍二本を用意しました。盾は私のプロテクトスーツと同じダンジョン素材の強化合成樹脂製ライオットシールドです。

槍に関しては、ロックナイフの柄の部分に、盾と同じ強化合成樹脂を３Ｄプリンターで加工したものを付けて穂先にしたものとなります。最近はダンジョン製の素材を、ゲームのように雑にＤＩＹして装備するのが流行らしいですね。二時間ほどで加工屋さんが対応してくれました。

盾と槍はティーナさんからのアドバイスです。まずは私たちの安全優先ということでフォーハンズは防御担当。そして盾で護りながら戦うために長い間合いの槍を……という理由でのチョイスですね。

またロックナイフもフォーハンズに内蔵できますので、場合によっては近接戦も可能です。それぞれの腕の手首からジャキンって取り出せるのですよ。かっこいいですね。

さすがにティーナさん用の武器はありませんでしたが、実質的にフォーハンズがティーナさんの武器扱いですので問題はないでしょう。それにティーナさんは転移と植物操作のダブルスキル持ちです。自分の身ぐらいは守れますし、収納ゲートによる空中移動にも転移でフォーハンズごとついてくることも可能です。

そんなティーナさんとフォーハンズも加えた新パーティで入るダンジョンですが、今回は前回の件で若干気まずい空気になってしまった吉川ゲートとは別口となります。

川越メイズホテルから約一時間をかけてやってきたゲートは……

「秩父ゲート……ここが今回のダンジョンの入り口なのねゼンジューロー？」

「そうですね」

ティーナさんの言う通り、ここは秩父ゲートです。吉川ゲートとは違い、こちらから入った先にあるダンジョンは深化の森と呼ばれています。ダンジョンは地下世界ですが、場所によっては草原や森もあるのですよね。不思議なものです。

そして、ここで私が狙うべきものは薬草となります。

この薬草というのはいわゆるポーションと呼ばれているものの原料です。危険と隣り合わせの探索者にとっては必須のアイテムです。今回は収納スキルの新しい能力『解析』とティーナさんのスキルである植物操作を利用して薬草で一儲けしようと考えております。

ふふふ、年甲斐もなく興奮してきましたね。

『それでは安全安心を旨に、素晴らしい探索者生活をお楽しみください』

秩父ゲートも入り口は吉川ゲートと大差なく、やはり入り口にガトリングガンが設置されています。世の中、制圧力がものをいうということなのでしょうね。戦いはやはり数です。早くレベルを上げて収納空間を増やさねばと思います。

ともあれ、私たちはそんな秩父ゲートを抜けてダンジョン深化の森へと入りました。吉川ゲートの水晶窟はまんま洞窟でしたが……いえ、ここも洞窟内なのは確かなのですが、周囲には木々が生えていて、ゲート入り口付近はキャンプ場のようになっています。

そんな中を進む私たちに視線が集中しています。2メートルサイズに戻ったラキくんにサーチドローン、ティーナさんを乗せたフォーハンズを引き連れているからでしょうかね。

それを率いているのが私というしがないおじさんなのですから、なおさら目立っているのかもしれません。

もっともダンジョンに入ってしまえばそれも関係はありませんがね。ここから先はビジネスの時間です。うわついた気持ちは捨て、いざ冒険の旅へ。

「あのーおじさん。そっちのレッサーパンダくんと写真撮ってもいいっすか？　あの妖精さんも一緒にお願いしたいんですけどー」

「あ、はい。ラキくんとティーナさんが良いなら良いですよ」

ハァ、近頃の学生さんは積極的ですね。まあ、ビジネスタイムは森に入ってからでよろしいでしょう。最高の探索者を目指すのであれば、こういうファンサービス的なことも邪険にしてはいけないのです、多分。


あれから三組の若い人たちに続けて写真をと頼まれ、撮影いたしました。私も一緒にとお願いもされたのですが、私のような普通のおじさんを写して楽しいものなのでしょうか。若い方にチヤホヤされるというのも悪い気分ではありませんけれども。

ともあれ今度こそビジネスのお時間です。

この先は深化の森と呼ばれています。

なぜ地下世界に森が……と思われるでしょうが、頭上をご覧ください。天井は見えず、キラキラと輝く緑の雲が漂っているでしょう。

探索協会の説明によりますとアレは魔力の雲なのだそうです。ダンジョン内には常に魔力の河のようなものが流れているそうでして、ああして空中を漂えば魔力の雲が発生し、地中を流れれば魔力結晶が地面から発生するのだとか。

つまりダンジョンにとって魔力の河は太陽の光のようなもの。推定地下世界のこの場所であっても魔力の光によって森が生まれるわけです。

ポーションの元となる薬草も魔力の光で光合成していて、地球での栽培が成功していないのもそうした環境整備が上手くいっていないからなのだとか。

そしてこのダンジョンですが、森と名付けられただけあって、生態系はそれなりに豊かで収穫できる素材も魔獣の種類も多いのが特徴です。吉川ゲートの水晶窟からランクもふたつ上がって、ランクDダンジョンとなっております。

今回は薬草メインで探索する予定ですが、別のものも狙えるなら狙っていきたいですね。

ここらに生えている木はブナ科に近いものらしく、年に一度ドングリのような実が生ります。道の駅で異世界ドングリ珈琲《コーヒー》や異世界ドングリ独楽《ごま》が売ってたりしているのを見たことはあるものの、積極的に活用されるほどのモノではないようです。

魔力結晶も岩石などから少し生えていますが、エーテルが溜まった結晶はほとんどなく、水晶窟のように稼ぎができるほどではありません。

ポイポイッと拾った程度で楽に稼げるようなところは、大体国か企業が押さえてますからね。我々のような個人事業主、もとい探索者は地道に足で稼いでいくしかないわけです。

ともあれ、目的の薬草の群生地を目指して私たちは森の中を突き進みます。

まあ私はラキくんの背中に乗せてもらっているのですけれども。正直、私のステータスではここを通過するだけで体力が削られますので、ラキくんがいてくれて本当に助かりました。

サーチドローンとティーナさんの乗ったフォーハンズも、問題なく付いてきていますね。

そしてこのダンジョンに生息している魔獣なのですが……

「ゼンジューロー、上から来るわよ。気を付けて」

「ガッ」

ティーナさんとラキくんが同時に反応し、遅れてサーチドローンが眼鏡型デバイスに敵の位置を示します。おお、不味いですね。であれば、まずは時間遅延を使います。

「それでは時間遅延《スロー》です！」

この現象は、時間遅延付きの収納空間を解除することで『時間が遅延された空間』を外部に放出し、私を除いたすべての物体の動きが遅くなる……という感じでしょうか。ちなみに遅延空間の影響を受けるのはラキくんたちも同様です。収納空間に手を入れられるのも私だけですしね。

そして私が視線を上に向けると、大きなつちのこのような蛇の顔がすぐそばにまで迫ってきていました。アレ？　これって結構ピンチだったのでは？

そう思いつつも私は掌底の構えを大蛇に向け、即座に空気弾を撃ちます。

「ギュゥウウ…………ラァ…………ァァア」

引き伸ばされた悲鳴と共に大蛇がゆっくりと弾き飛ばされていきます。二撃目は……必要なさそうですね。あの烈さんも倒せましたし、至近距離での空気弾はかなりの威力のようです。これって本当にただの空気の塊なのでしょうか？

そして周囲の時間の速度が元に戻りました。

「危な……くはなかったわね。今のが時間遅延か。ゼンジューローがとんでもない速度で動いて、パンチで蛇をぶん殴ったように見えたわ。ゼンジューローのスキルって強力過ぎない？」

ティーナさんが地面に転がっている大蛇の亡骸《なきがら》を見ながらそう言いました。近距離での空気弾は殴り倒しているように見えるようです。なるほど。

「ランクＦのハズレスキルと言われていたのですけどね」

「それ絶対何か間違ってるわよ。調べ直してもらったら？」

「別に不都合はありませんし、必要はありませんよ」

まあ、カラクリ自体は見当がついていますしね。

ステータス分も合わせてすべてのリソースが振られた可能性がある収納スキルの存在強度。これが高いことで、収納空間のサイズが固定されて収容量が伸びなくなっている……というのは事実のようです。反面、収納ゲートは硬くなり、容量が増えない分、収納空間のストックが増え、スキルが成長して付与されるであろう時間遅延効果や解析能力も、他とは違った効果を見せています。となればスキルの存在強度が過剰に高いことが、今の私のスキルがおかしな原因なのでしょう。

スキルの存在強度は調べるのに結構な金額がかかるそうですし、調べたから何が変わるというわけではありません。むしろ情報漏洩に繋がる可能性を考えるなら、あえて調べない方が安全かもしれませんね。

現状で特に問題はありませんし、必要になったら調べるくらいで良いでしょう。

「それでこの蛇ですが、オロチクビですか。たいそうな名前ですね」

シーカーデバイスで確認したところ、倒した大蛇の名前はすぐに出てきました。カメラを使った検索機能は優秀ですね。

「ふーん。複数で集まると、尻尾の方で繋がって連携して攻撃してくるんだ」

「ああ、名前の意味はちゃんとあるんですね」

基本的に魔獣の名前は発見者が付けるものだから、適当に名付けたのかと思いました。下ネタではなかったのですね。

「魔石以外だと牙と毒袋が売れる……と。毒袋を処理できればお肉も食べられるのですか。ただ牙も毒袋も毒の扱いが怖いですし、持ち帰って解体もできませんから、魔石を採るだけに留めておきましょう。こういう時は普通の収納スキルが羨ましく思えますね」

物語の中にあるようなマジックバッグなどというようなものも見つかってはいますが、数は少なく、民間の探索者にまで出回ることはほとんどありません。

また私がダンジョンに向いていないと言われた理由のひとつなのですけど、収納スキルは互いに干渉し合うため、ひとつのパーティに複数人の収納スキル持ちは望ましくないとされています。マジックバッグはそんなことないらしいので、どこかで手に入れたいものですね。

それからさらに深化の森の奥へと進んでいくと、崖の真下に到着しました。

実のところ、私がこのダンジョンを選んだ理由がこれでした。

地殻変動か何かの影響なのでしょう。この深化の森は、ギアナ高地のテーブルマウンテンの小型版のような地形が無数に存在しています。薬草は今いる辺りでも収穫できますが、魔力雲の近くであるテーブルマウンテンの上の方がより茂っているとの話なのです。

ただ崖の上に登る道などは存在せず、上に行くには登山家の方か、身体強化や飛行系のスキルが必要となります。

そんなわけで、吉川ゲートの時と同じように収納ゲートを足場に登ることにします。今回は自力ではなくフォーハンズに背負われての移動となります。私は足場として収納ゲートを出すだけなので楽ちんですね。ちなみにラキくんは小さくなって私の背中にしがみつき、ティーナさんは自力でも飛んでいけるのでしょうが、疲れるからという理由でサーチドローンに乗っての移動となります。

帰りは荷物を持っているので、余裕があればティーナさんの転移スキルで降ろしてもらう予定です。

なんでも転移には見えている距離ぐらいを感覚で飛べる短距離転移、ある程度の位置を把握しての中距離転移、指定した任意の座標先に飛ぶ長距離転移があるそうです。

戦闘などで使うのは短距離転移、このぐらいの崖下を降りたり、以前に遺跡から出た時のような転移が中距離転移なのだそうです。またティーナさんは座標として自分の眷属の植物を植えることで、そこに長距離転移で飛ぶこともできるとのこと。

ただ長距離転移は数日寝込むくらいには疲れるものなのだそうです。一応入り口のゲート付近に座標を用意してはもらってはいますが、利用するのは緊急避難の時ぐらいでしょうね。

「うーん、フォーハンズよりこっちの方が座り心地いいわね？」

ティーナさんがそんなことをぼやいています。

崖の上まで登り切ってもティーナさんはフォーハンズには戻らず、サーチドローンの上を自分の定位置としたようでした。手ぶれ補正機能が良い具合に作動しているのかもしれません。


「あら、やられちゃってますね」

そして崖の上に到着しましたが、目の前にあるのは中途半端に荒らされた薬草の群生地でした。見たところ荒らされてから数日は経過してる感じでしょうか。売却額の高い新芽の部分だけを強引に採って放置したのでしょうが、わざわざ荒らして帰ることもないでしょうに。これをそのまま持ち帰っては査定に大きくマイナスが入りますね。嫌がらせでしょうか？

「うわぁ、これは酷いね。いっぱいあったから適当に摘んでっちゃったぽい？」

「そうかもしれませんね。ただ私とティーナさんのスキルを試すのには良い状況ですが」

「確かにゼンジューローの言う通りね。ちょうど良かったじゃない」

「キュルル！」

もちろん荒らされていない方が良いのですけれどもね。

なお、新芽の売却額が高いのは、ポーションの原液を抽出しやすいからです。しかし今回私が行う方法なら、新芽でも普通の葉の部分でも問題はありません。なので目の前の、そのまま売っただけでは二束三文になりそうな荒らされた薬草でも十分に効果を発揮するはずです。

ちなみにですが、この地域のポーションに使える薬草は兄切草と言います。名前の由来は、この草の効能を言いふらした兄が弟に切り殺された……とかなのでしょうか。いや、発見者がシャレを利かせただけでしょうね。

他の地域では別の植物がポーションの材料となっていたりしますが、外見は違っていても同じ種類の植物らしく、魔力を含んだ葉っぱから搾り取った汁がポーションの原液となります。

そして私がこの作業で使用するのは、レベル10になって使えるようになった解析付き収納空間とティーナさんの植物操作。このふたつの組み合わせによって、一儲けしよう……というのが今回の趣旨なわけです。

「それじゃあティーナさん、お願いします」

「まっかせーなさーい。ちょいなーっと」

ボロボロの兄切草の群生地の上をティーナさんが飛び回り、羽からキラキラとしたものを出して振りかけていきます。これはティーナさんの魔力です。妖精女王と自称するだけはあり、ティーナさんの魔力は、量も質も高水準なのだそうです。

しかもティーナさんは植物操作というスキルを所持していて、己の魔力を与えることで植物にドーピングを施すことができるのだとか。

特に兄切草は魔力の光を浴びて成長するので、効果は抜群。見事に兄切草が復活して、ムクムクと起き上がってきました。

「これは素晴らしいですね。ホテルで試した時よりも随分と効果があるじゃないですか」

「あそこのプランターにあったパンジーは、別に弱っていたわけでもないし、魔力を必要とする種類でもなかったもの。でもこいつは違う。弱っていたし、魔力も必要としていたから目に見えて効果が出ているわけね。さーて、こんなもんでいいかしら？」

「はい、ありがとうございます。十分ですよティーナさん」

切られた箇所から新しい芽も出てきましたし、ティーナさんのお力で兄切草も元気を取り戻したどころか効果も倍増したはずです。このまま収穫して売却しても良いのでしょうが、今回の目玉はここからです。ここからが私とフォーハンズの出番なのです。

「じゃあ、刈って小分けにしてもらえますかフォーハンズ」

私の言葉に従って、フォーハンズが丁寧に兄切草を刈り取っていきます。

それを私が扱えるようになった解析付き収納空間にぎゅうぎゅうと詰め込んでいきます。

ちなみに収納スキル持ちには常識的な話になるのですが、収納空間に収納したものというのはそれぞれ認識の上でタグ付け……要するに水なら水、石なら石、複数の小石なら小石A、小石Bなどのような振り分けが無意識下にされています。だから収納スキル持ちは大量に物を収納しても望んだ物を即座に取り出すことができ、一度認識したものは再度入れれば分かるので簡易的な鑑定としても扱えます。

そしてレベル10になって新たに発現した私の解析付き収納空間は、収納した物体を簡易鑑定よりもさらに深く解析できるようになったのです。

また私はここに来る前に、事前に購入した高純度ポーション原液を収納空間に入れて、すでにタグ付けを行っています。これは中級ポーションのメイン素材に使用されるもので、下級ポーション用に薄めれば大量生産もできる他、上級ポーションの素材としても使われるそうです。

それを踏まえて、収納空間に入れた兄切草の解析をしたところ……うん、兄切草内部に含まれている高純度ポーション原液を個別に認識できるようになりましたね。成功です。これは凄いですね。

私は瓶を取り出し、その中に高純度ポーション原液だけを放出しました。

「ほほぉ、成功です。完璧ですよ」

これが私の解析の便利なところです。

収納したものを解析することで構成要素も個別にタグ付けを行い、それぞれ別に取り出すことが可能となったのです。

これはもう解析というよりも分離ですね。

分離した兄切草の残りも取り出しましたが、水分が抜けてシオシオの状態です。

当然のことながら、兄切草そのものより高純度ポーション原液の方が売却額は高くなります。問題は私の収納空間に入れられる量が少ないことですが、そこは地道にやっていくしかありません。

フォーハンズが兄切草を刈り取って分けて、それを私が収納空間に入れて抽出するの繰り返しです。

そうして流れ作業で二時間ほど経過したところで、高純度ポーション原液の瓶は10本できました。

ちなみにこれ1本の売却額は約30万円。山盛りの兄切草の束を売却するよりもはるかに高額です。

正直、この能力……かなりヤバめなのではと内心戦慄しております。

さて、そろそろ切り上げましょうかね。

そういえばティーナさんたちを待たせていましたが、彼女たちは今何を……

「あんぎゃ――――」

「ピ――――」

おや、ティーナさんとラキくんの悲鳴です。ふむ。アレは植物の魔獣でしょうか。おやおや、ティーナさんが食べられそうになっていますね。

え？　もしかしてピンチですか？

いけません。これは不味いですね。ええと、まずは時間遅延です。

一気に駆け出し、ちゃんと狙いを定めて、ティーナさんの体を縛る蔦《つた》の付け根に石砲弾をシュートです。

「あぁああ……れぇええええ………」

間伸びした悲鳴と共に、蔦から離れたティーナさんがぐるぐる回転して飛んでいきます。このまだと危ないのでゲートで空中に足場を作って駆け登り、無事キャッチ……しました。あ、時間遅延の効果が切れましたね。

「ガッ」

空中で無防備になった私に蔦が迫りますが、フォーハンズが斬り裂きます。フォーハンズが斬り裂いて、さらにラキくんが植物本体をぶん殴って退かせてくれました。植物の魔獣の根がぶちぶちと切れていきます。ラキくんのパワーは凄いです。そこに駄目押しの石砲弾ッです。

ビキッ　ビキキィ
二発撃って、どちらも命中しました。

植物の怪物が苦しそうに悶えていますが、ここは畳み掛けるところでしょう。

私は怪物の方へ向けて収納ゲートを五つ開きました。中にはすべて拳ほどの石が入っています。

つまりは石砲弾五連ということです。

「これでどうですか?」

ズガガガガ
植物の怪物が削られていきます。けれども倒し切るには至りません。

植物の系統は、身体の一部が破壊されてもコアが残っている限りは動き続けるのが厄介ですね。

けれどもそのコアである緑色の魔石が露出しているのが見えました。

「フォーハンズ、アレを取り出してください」

私の指示にフォーハンズが走り出します。

強靱《きょうじん》な脚部の蹴り上げで一気に距離を詰めたフォーハンズの槍が太い枝を地面に縫い付けます。それから即座に槍と盾を手放して四本の腕それぞれから内蔵のロックナイフを取り出しました。そして魔石の周囲に刃を滑り込ませるように突き刺して、グルリと魔石と植物の繋がっていた箇所を斬り裂くとズバッと魔石を抜き取りました。

「おお、凄いですよフォーハンズ！」

植物の怪物はその後も暴れ回りましたが、悶え苦しんでいるだけでこちらには近付かず、少しずつ動きを弱め、ついには動かなくなりました。

魔獣の種類によっては魔石を取っても動き続けられる種もいるのですね。注意しないといけません。そして今回の状況の原因ですが……

「ごめんなさい。やり過ぎたわ」

ティーナさんが土下座をしております。

その瞳からこぼれ落ちる涙は本物でした。

ティーナさんの植物操作のスキルは文字通り植物を操作するだけではなく、成長させたり、強化したりもできるのですが、今回は強化をし過ぎたのだそうです。

「そろそろ切り上げそうだったから、最後に思いっきり兄切草を強化したらああなったのよ」

「あれ、兄切草だったんですか？」

ちなみに後ほど確認したところ、倒したアレは兄切草獣という名前で、新種の魔獣ではなかったようです。どうやら魔力雲に近い場所で育つと、コアの魔石を形成して自力で動けるようになり、獲物を狙い始めるのだとか。

ちなみに高純度ポーション原液は採れませんでした。即成培養の弊害ですね。放置すれば、体内で原液を生成するかもとはティーナさんの言葉でしたが……もちろんナシです。安全第一。カメラも回っていますし、私たちが生み出した魔獣が別の探索者を襲ったりでもしたら目も当てられませんからね。

今日の業務はここで終了といたしましょう。お疲れ様でした。

ハーディダーティ

解析で搾り取った高純度ポーション原液10本ですが、無事売却できまして、手持ちは合わせて500万円ほどとなりました。兄切草獣の緑色の魔石は、ティーナさんいわく何かに使えるかもとのことでしたので、売らずに彼女に渡してあります。

まとまったお金が手に入った私は今、ダンジョンタウンに来ています。前回ティーナさんとフォーハンズ用のものを買ったわけですし、今回はラキくんの装備を買うつもりです。

インターネットで色々と確認したのですが、異世界人もかつて魔獣を使役していたそうで、専用の武器なども製造していたのですね。そのため、ダンジョン内の遺跡などでは、時折魔獣専用の装備が出てくるそうです。当然お安いものではありませんが、ダンジョンタウン内でそうした装備を取り扱っているお店はいくつかあります。そのうちのひとつが従魔兵装専門店ヨロイムカデです。

いかついムカデが這《は》う装飾の看板のお店に入るのには少し緊張しましたが、ワクワクもします。そして事前に調べた通り、その装備は店内に飾られていました。

「ラキくん、どうでしょう？」

「キュル？　キュルルッ」

背中に張り付いているラキくんが少しだけ首を傾げた後、興奮した面持ちで頷いています。どうやらラキくんのお眼鏡にかなったようです。

それは大きなクロー付きのガントレットでした。主に熊系の大型従魔が使用可能なもので、実はこれ、不思議素材でできていて、装備する魔獣に合わせて伸縮するそうなんです。つまりは大きいラキくんにも小さいラキくんにも使えるということ。それに使用しない時は、リング状に小さくなってくれるのもありがたいですね。

今のままでもラキくんはパワーがありますし、身体も頑丈で爪も鋭いのですが、やはり素のままというのは不安があります。魔獣によっては虫類や甲殻類など外殻の硬いタイプや、スライム系、精神生命体などの非物質系というものも存在します。

そうした相手とも渡り合うためには、攻防兼ね備えた武装化が必要です。

それに多少なりとて、ラキくんには怪我をして欲しくはありません。

これは魔力を伝導するので、非物質系にも通用するようです。

お値段は300万円。遺跡産と考えれば安いのですかね。

そんなことを考えていると、この店の店主らしき方が声をかけてきました。

「なあアンタ、基本的にその武器は大型魔獣のためのものなんだが……まさか、そいつに装備させるのか？　さすがに勿体無いと思うぞ」

店主のおっしゃることはもっともです。

ですので、私とラキくんがこれを真に必要としていることを実際に見て分かってもらうことにしました。

「ラキくん、大きい方になれますか？」

「キュルッ」

「大きい？　は!?　巨大化した！　おお、変化できる魔獣とは珍しいな」

店主は大きくなったラキくんを見て目を丸くすると、笑ってガントレットを試させてくれました。

大きい方でも小さい方でもスムーズに変化してくれています。巨大化の際にサイズ変更が間に合わなくて、ラキくんの手がキツキツになってしまうのではないかと不安でしたが、問題はなさそうですね。

「ラキっつーのかい。今まで見たこともねえが、良い従魔みたいだな」

「はい。希少種らしくてデータベースにも載ってないんですよね。見た目はまんまレッサーパンダなのですけど」

「なるほどなぁ。まあ、確かにそいつならガントレットも使いこなせるだろうさ。とはいえキャッシュの方は大丈夫なのかいアンタ？」

「ええ、問題ありませんとも。それなりに稼いでおりますので」


ラキくんの装備も無事購入できましたので、翌日再び秩父ゲートから深化の森に向かうことにしました。

「ありがとーおじさん。ラキくんもティーナちゃんもまたねー」

ダンジョンの入り口ではまたもや探索者の女性陣に囲まれて写真撮影を頼まれました。ラキくんとティーナさんは人気者ですね。

フォーハンズをパシャパシャ撮って来る男性の方もいらっしゃいました。聞いてみるとＳＦ映画が大好きな方だそうです。どこで手に入れたのかとも聞かれましたので、遺跡の隠しエリアからと返しましたら「なるほど」と頷いておられました。

フォーハンズ自体は比較的発見はされているらしいのですが、基本的に遺跡の調査は探索協会が主導で行っているため、あまり一般には出回ってはいないそうです。売ってもらえないかとの問いにはもちろんノーと返しております。

そもそものフォーハンズはティーナさんが手を加えているため、彼女以外には扱えないのですけれどもね。

それではそろそろ探索のお時間です。今回は前回よりも少し奥のテーブルマウンテンに向かいます。


「おやおや、ここもやられておりますか」

ラキくんに乗って、前回のところから少し離れたテーブルマウンテンにまでやってきました。

ですがどうやら今回も先客がいたようです。恐らくですが、何かしらの飛行スキル持ちの探索者がテーブルマウンテン間を飛び回り、手当たり次第に兄切草の新芽だけを採っているようです。この付近はみんなやられている可能性が高いのではないでしょうか。

「まあ私たちには関係のない話ではありますけど」

「いや、荒らされてない方が良いわよ。魔力の消費も少ないし」

「なるほど。それはそうですね」

ともあれ、お仕事の時間です。

ティーナさんに兄切草を元気にしてもらって、フォーハンズが伐採、私が解析付き収納空間に詰めて高純度ポーション原液に分離させて瓶詰め。その間はラキくんとサーチドローンが周囲の警戒を行います。

水晶窟に比べて実入りが良い上に分業ですので、随分と楽です。あちらは中腰の作業で腰を痛めそうでしたし。

「クキャァアア」

「ガッ」

ただエンカウントする魔獣は、吉川ゲートよりもずいぶんと強いのですけれどもね。現在ラキくんが相手をしているのは、全身を鎧のような甲殻で覆っている猿っぽい魔獣です。これが三体エンカウントしてきました。

本来は森の中にいる種で、木があまり生えていないテーブルマウンテンの上にはいないはずです。私たちを追って下から登ってきたのかもしれません。

「ラキくん、お手伝い必要ですか？」

「ガッ」

いらないそうです。

アーマーモンキーはそれなりに強敵ですが、ラキくんのパワーには勝てませんし、ガントレットクローの一撃は甲殻をも砕いて破壊します。買って良かったガントレットクロー。

ラキくんはまず一体を倒し、次の一体を、両腕を振り下ろして仕留めました。最後の一体は怖気付いたようで、崖に向かってジャンプして逃げていきました。落下死するかと思いましたが、崖を器用に降りていってますね。

「あの魔獣、ここまで登ってこれるんですね」

「やっぱりダンジョン内は警戒していないと駄目ね」

「キュルッ」

なんにせよ、カタはつきましたので作業に戻ります。

ラキくんがアーマーモンキーを倒してくれたことでレベルが上がりました。これで私もレベル11です。また出せる収納空間がひとつ増えました。これで収納空間は11個作成できるようになりましたね。今後もレベルアップのたびに収納空間のストックは増えていくのでしょうか。


今回作成した高純度ポーション原液は全部で瓶９本分となりました。

前回に比べて少ないのは、単純にあの場の兄切草の数が少なかったためです。それでも全部売れば２７０万円。これが一日の収入なのですから、金銭感覚が狂いそうになりますね。

このまま休みなしでこの原液作成を繰り返せば、一年間で10億近く稼げてしまうわけですか。もう生活していくだけなら十分過ぎる金銭が手に入るわけです。これはいわゆる勝ち組というヤツに私もなったということなのでしょうか。

「ゼンジューロー、どうしたの？　辛そうな顔してるけど、お腹痛いの？」

「おや、そんな顔をしていましたか？　お腹は問題ありませんね」

帰り道、運転しながら考え込んでいた私に、ティーナさんが指摘してくださいました。どうやら考えていたことが顔に出ていたようです。

前職に比べて、今の状況はとても上々であると思います。安定性を望むなら、繰り返していけばいいだけでしょう。けれども今は欲が生まれてしまいました。それじゃあ『つまらない』と考える自分がいます。この歳になって火が点いてしまったのでしょうね。やっぱり、私は……

ガッ、ガキンッ

「は？」

「ゼンジューロー!?」

今、何が起きたのでしょうか。いえ、原因は分かります。窓ガラスが割れています。そして何かが私の胸に当たりました。幸いロックメイルの頑丈さとプロテクトスーツの衝撃吸収能力に助けられて……ああ、頭への一撃もありましたか。こちらはフォーハンズが手を伸ばして弾いてくれたようです。それで何を弾いたのかと言えば……ふむ。これはまさか？

「フ――――、ガッ」

ラキくんが興奮しています。天井に穴が空いているのが見えます。フォーハンズが弾いたものが飛び出していったのでしょうか。となると、信じたくはありませんが、もしかすると私、撃たれました？　何故？　誰に？

「あー。なるほど、困りましたね」

これはつまり、生命の危機というヤツでしょうか。


「は？　笑ってる？」

狙撃したローマンがスコープを覗きながら、そんな言葉を吐いた。何言ってんだと思ったが、一緒に撃ったジョッシュの野郎も軽く頷いてやがる。

つーかさ。こいつらしくじったな。あのおっさん、普通にピンピンしてやがるじゃねえか。

で、笑ってる？　寝ぼけたこと言うなよ。今の状況で笑ってるとしたら、多分何が起きたのかも分からず、顔を引き攣《つ》らせているってだけだろうさ。理解して笑えているんなら、まともじゃねえ。ただのイカレだ。

「おい。二発も撃っておいて、外してんぞヘタクソども」

「うるせぇよリーダー。俺もジョッシュも狙いは正確だった。だが俺が狙った胸には何かが仕込んであって弾かれた」

「頭も戦闘人形に守られたみたいだ。探索協会が護衛に貸したんじゃないのか？」

ローマンとジョッシュの言葉を聞いて、俺は眉をひそめながら目標のおっさんを睨みつけた。確かに、後部座席に何かゴツいのがいるな。

「あのカカシがそうか？　クソッ、誰だよ。素人探索者から妖精奪うだけの簡単なお仕事ですとか

言った馬鹿野郎はよ？」

「アンタだろリーダー！」

「うるせえぞローマン。人間は夜死んで朝生まれ変わんだ。だから昨日の俺はもう死んでんだよ。死んだヤツのことまでは責任持てねえ。分かったか無教養」

「ジュニアハイスクール中退のアンタが言うか？　ガンジーの言葉引用すりゃ頭が良く見られると思うなよ馬鹿リーダー」

反抗期かよ俺の部下は。

しかし、まいったな。俺たちは合法非合法、手段を問わずレア魔獣を手に入れるために活動する闇クランスプリガンキラーに所属しているパーティだ。そんで、今回の俺たちの目的は遺跡で偶然発見されたっていう、言葉を話せる妖精の確保だった。

ただ、発見した探索者はすでに妖精と従魔契約をしていたから、契約を切るために契約者を殺さなきゃいけない。

いや殺す以外の手段もあるんだが、今回の依頼主からは『私の妖精ちゃんに手を触れた男が生きているのは許せないのでちゅねー。ブチ殺せでちゅ』なんてオーダーを受けているんだよ。キッショいわ。テメェが死ね……と返したかったが、残念ながらそいつは俺らに黄金のお恵みを下さる依頼主様だ。しかも円卓《ラウンズ》に近いところにいる貴族様と来てる。円卓《ラウンズ》はあのアーサー王伝説に傾倒した騎士気取り、妖精フリークのアホ集団ではあるが、探索者クランとしても世界有数の実力を持ってやがる。英国政府とも繋がりが深く何よりも奴らが流通を独占している特殊な魔法具が厄介だ。そんな連中に変な因縁なんてつけられたくねーから我慢の一択だった。

まあ糞みたいな仕事だとは思うさ。

だが、仕事は仕事だ。恨むなら俺ら真っ当なビジネスマンにじゃなく、変態に狙われた自分自身を恨んでくれ……と言いたいところだったんだがな。どうにも様子がおかしい。

「リーダー。アレは四つ腕、フォーハンズだ。自律型魔法具。遺跡の発掘兵器。ＶＩＰ御用達のシロモノだぞ。あいつがこっちを認識している以上、狙撃で仕留めるのは厳しい」

「チッ。時間もねえぞリーダー。ばら撒いた偽餌にも限度がある。他から応援が来る前に仕留めようぜ」

ターゲットがダンジョンから帰宅するタイミングに合わせて、俺らはこの地区でいくつかの事件を同時に発生させている。だからこの国の治安維持部隊がやってくるのは後回しになるはずだが、当然それにも限度はある。狙撃が駄目なら数で押すしかねえか。

「仕方ねえなぁ。テメェら、タイヤを撃って車を止めろ！　一気に取り囲んで目標Ａの確保、及び目標Ｂの排除を行う」

「「「イエッサー！」」」

俺の指示に合わせて車の速度が下がった。

同時にワゴン車の後部ドアを蹴破って俺たちは一斉にマシンガンで撃ち始める。地面に弾丸が当たって火花が散るが、気にせず照準を合わせて標的の車のタイヤを狙って……

「目標に当てんじゃねえぞ。あくまで足止めを……は？」

体に熱いものを感じたのはその直後だ。

撃たれた？　まさか反撃された？

この慣れた感覚は間違いねえ。ＥＢＢ特殊反応弾。魔力のシールドを破壊する、俺たちが撃ったものと同質の探索者殺しの弾丸。この国じゃあ民間には確実に流れていねえシロモノだ。

「マジかよ!?」

そして俺の視界に映ったのは、銃で撃たれて血まみれになった仲間たち、さらには……

ガッコン
車体が何かにぶつかって盛大に跳ね上がったのを理解した。何が起きたのかは分からねえが、俺たちの乗るワゴン車の外、車体が回転して前後逆さまになった俺たちを目標の中年男が見ているのは分かった。

中年男がこちらに向かって手をかざすと次の瞬間、胸部に衝撃が走った。

「グアッ」

おいおい。なんだ、これ？

この攻撃はレベル40超えである俺の『魔力のシールドを抜けて』きやがる。シールドを上回る威力を受けたんじゃねえ。間違いなく抜けてきやがった。

クソッタレ。さっきの弾丸といい、目の前の中年男は素人じゃねえ。探索者殺しのプロだ。つまり、俺らはハメられたってこった。素人から妖精を捕まえる簡単なお仕事だと？　ふざけんじゃねえ。こんなところでやられっかよぉおお。

「グォォオオオオオオ」

俺は咆哮しながら、体を作り変えていく。

急速な変異による細胞摩擦で、体液が蒸発して煙を吹いてやがる。だが関係ねえ。

俺のスキルはライカンスロープ。肉体そのものを人間以上の獣のソレに作り変える、強化系としては最高位のスキルだ。たとえ重傷だろうと即座に立て直せる。

部下どもは駄目だな。内臓を潰されて、白目剥いてやがる。確実に仕留める気でもなきゃこんなことはできねえ。えげつねえことしやがる。アレは間違いなく『こちら側』の人間だ。だが、テメェはミスをしたよ。それは初手で俺を仕留められな……

目が合った。

伸ばした爪で紙のように裂いたワゴン車の外に、あの男の車が正確に横に付けて並走していた。

そして車の中にいる男の目を見てゾクリと……ああ、これは駄目なヤツだと分かった。

「ギッ、ガァアアアアア」

そして次の瞬間に、俺の体はズタズタに斬り裂かれて、吐き出された悲鳴と共に車の外へと吹き飛んで、そのまま道路を転げていった。


うーん。コボルトの親方のような方がワゴン車の中におりましたので、とっさにロックナイフを五つ撃ってしまいました。血まみれで転がっていったので、多分無力化はできたと思いますが、アレは人間でしょうか？　魔獣でしょうか？　まあ、今は動いていないから問題はありませんか。

それにしても怖かったですね。生まれて初めて銃というものを向けられました。

探索者も人間です。生身で銃弾を跳ね返すような真似は一部の方々しかできません。銃は探索者がいる現代でもいまだに有効なのです。また探索者の防御を貫通可能な銃弾もあると聞きます。

そもそも身体能力が一般人レベルの私が撃たれれば普通に死にます。一度目の銃撃はロックメイルとフォーハンズが守ってくれなければ、私はすでにこの世から去っていたでしょう。

だから、続けてワゴン車の速度を落としてこちらに近づいて撃ってきた時も焦りました。ですので、すぐさま時間遅延解除《スローー》をかけ、放たれた銃撃を収納ゲートで回収し、収納解除をして反射するように弾丸を返したのです。これが思った以上に上手くいったようで、弾丸は見事彼らに命中しました。

けれども油断はできません。相手は外国人の武装集団です。身体も鍛えているようでしたし、気配からしてレベルもお高いのでしょう。全身に銃弾を受けるようなことなど日常茶飯事で、先ほどの反撃も蚊に刺された程度にしか感じていないウォーモンガー的な方々なのかもしれません。

だから私は念のためにワゴン車に接近し、車の手前に収納ゲートを発生させました。収納ゲート自体は発生させれば移動することはできませんが、高速で移動する物体にとってソレは直径８センチメートルの破壊不能な砲丸と変わりません。

未だ時間遅延解除《スローー》は継続中で時間がゆっくりと流れる中、ワゴン車の前面が収納ゲートに当たってメキメキと歪んで潰れていき、そのままハリウッド映画のように、派手に跳ね上がって宙を舞いました。

その際にワゴン車の中にいた方々の姿も確認できました。きちんと無力化するためにひとりひとりの胸部に空気弾を撃ち込むことも私は忘れません。

けれども、今更ではありますが一発ずつしか撃たなかったのは失敗だったのかもしれません。魔力のシールドに守られていたとはいえ、烈さんは五発を耐えましたし、獣となった方が車内にいて反撃をしようとしておりました。

とっさに仕込んでいたロックナイフを撃って対処できたから良いものの、一歩間違えば反撃を喰らっていた可能性があります。やはり次からは二発ぐらい入れた方が良いのもしれませんね。まだまだ私は駄目です。未熟です。素人気分が抜けておりません。

ともあれです。獣の方も倒したところで時間遅延《スロー》解除の効果が消えました……ので、ブレーキを踏みましょう。

「う、ふぉおおお」

「キャ――――」

「ピ――――――」

愛車が急停止によりドリフトし、そのままガッコンとガードレールにぶつかりました。

ああ、私のマイカーが……ベッコンて、なりました。なってしまいました。

なんということでしょうか。

収納ゲートで受け止めきれなかった銃弾もそこそこ貫通していますし、修理するよりも新車を買った方が早そうな有様です。

まったく、今日は散々ですね。しかし嘆いている暇はありません。襲撃者を確実に無力化できたかが、ここからでは分かりません。

私は車を降りて、襲撃者の乗っていたワゴン車へと視線を向けました。前面に収納空間を出しておくことも忘れません。これで撃たれても即座に返せますし、反撃もできます。

対してワゴン車の方はといえば、派手に回転しながら壁に激突したようです。我が愛車の仇は取れたということでしょうか……いえ、それよりも中の方々です。

どうしましょうか。彼らはきっと戦場の犬です。あの程度では少々深く広がったささくれ程度のダメージしかないかもしれません。石砲弾で追い討ちをかけた方が良いのでしょうか？

「ゼンジューロー、アレ。まだ動いているわよ」

「……おや」

横にいるティーナさんの指摘の通り、先ほどロックナイフで吹き飛ばした、大きな狼のような方が立ち上がるのが見えました。

ズボンを穿《は》いていますし、アレは魔獣……ではなく、スキルを発動させた探索者ではないでしょうか。

魔獣のような姿に変身するスキルというのはいくつか確認されております。変身すると身体能力などが向上し、専用のスキルなども扱えるようになるのだとか。中々浪漫があって羨ましいスキルですね。それにしても……

「アレで仕留められませんか。かなり強そうですね。こっち来ますでしょうか?」

「どうかしら。ともかく目を離さないで。ゼンジューロー、油断しないでよ…… って、アレ? どっか行っちゃった」

構える私たちに、狼男はこちらを睨みつけるような仕草をしたものの、すぐさま踵《きびす》を返し、背を向けて去っていきました。

戦略的撤退というヤツでしょうかね。どうやら戻ってくるような気配もありませんし、大破したワゴン車の中からは誰も出てきません。まだ油断はできませんが、襲撃はこれで終わりのようです。

うーん、彼らは一体なんだったのでしょうか。

とはいえ、これ以上は私もすることがありません。ラキくんに乗って狼男を追撃……などしてしまえば私が捕まってしまいますし、ワゴン車の中の人たちの救助も、彼らが襲撃者であることを考えれば襲われる危険がありますのでできません。

そんなわけで、私はすぐさま110番にかけて警察に連絡し、最寄りの警察署で保護してもらう運びとなりました。まあ誤解が解けるまでは容疑者扱いで、睨みつけられていたのですけれどね。

どうやら市内では他にも事件が複数発生していたらしく、そんなところに銃撃戦で車両が大破し、それを行ったのが私という探索者だったため、ピリピリしていたようです。不幸な偶然です。

そのような状況でも懐疑的ながらも理性的に対応をしてくださるのですから、公僕の皆様には頭の下がる思いです。あとカツ丼は出ませんでした。自腹でも駄目なんだそうです。とても残念です。

「銃・撃・戦!?」

おはようございます。探索協会一般職員の沢木です。

本日は以前に潰れてしまった有休の振替休日でした。

そんなわけで、ウェーブフリークスで柔術開戦二期の続きを視聴し、最終話の途中まで進んだところで職場に呼び出され、すぐに大貫氏が銃撃戦の末に海外の違法魔獣ブローカーお抱えの探索者パーティを撃退した……などというおかしな話を上司の吉田課長から知らされたことで呆然としているのが今の私です。

私が「お前は何を言っているんだ?」と素で返してしまったのも仕方のないことだと思います。

そもそもですね。銃撃戦ってなんですか？　海外の違法魔獣ブローカー？　そのお抱えの探索者を撃退？　ここはハリウッドではないんですよ！　何なんですかこの状況は!?

「というわけなんだ。幸いにも大貫氏は従魔もいるから問題が起きていた時の証拠保持のため、ダンジョンの外でも常にシーカーデバイスの録画をオンにしていてね。ドライブレコーダーと合わせて彼の側に非がないのは確認が取れて……いる。その、一応」

吉田課長が言い淀んだのも無理からぬことでしょう。

今も話を聞きながら報告書を読んでいますが大貫氏は、襲撃者からの銃撃を跳ね返して返り討ちにしたそうです。

大貫氏は一発も撃っていないのに銃撃戦というわけですね。当たったのが自分たちの放った弾丸なら大貫氏に非がないのは当然でしょう。反射って何？　とは思いましたが。あの人のスキル、収納だけですよね？　別の生えてきました？

さらに襲撃者たちの乗っていた車両は、前面が恐ろしく硬い鈍器で叩き潰されたかの如くグシャグシャになっていたと。

また大貫氏曰く当て身っぽい感じで気絶させた……という説明のあった攻撃を受けた襲撃者たちは、肋骨《ろっこつ》が完全に砕かれて、内臓器官も一部が破裂しているそうです。上級ポーションがなければ襲撃者の何人かは死んでいた可能性が高かったとのことでした。

相手が相手なので、過剰防衛には当たらないと判断されたそうですが……いや、大貫氏ヤバいなぁ。あの人、何を目指してるんでしょうか。

それと、彼の従魔たちが防衛に徹していたことも幸いでした。探索者以上に従魔のダンジョン外での活動には制限がかかります。テイマーの義務としてシーカーデバイスの録画が必須となっていたことも、大貫氏のプラスに働きました。ラキくんもティーナさんも、問題にならなくて本当に良かったです。良かったんですが……

「吉田課長。これ、もう一般職員が関与できる問題じゃないと思うんですけど」

「ハハハハハ」

「いや、笑い事じゃなくて。マジで」

巻き込まれ方次第では、普通に私たちの命が危ないと思うんですよ。死ぬと思うんですよ。私、そういうの嫌で探索者引退したんですけど。

「まあ、大貫氏は現状では一般探索者でしかないわけだからね。あくまで窓口は我々となるんだ」

「そりゃ、理屈の上ではそうですけど」

「それにアンダーグラウンドだかダーティワークだか海外勢力だかの問題は、そっち専門の部署にお任せするからね。ひとまず我々のやることは、大貫氏関連の情報を纏めて、それを関係各所へと送り、後は問い合わせについても対処するって感じだよ。お偉いさんの対応は僕がするから、沢木さんもしっかりお願いね」

「うう、胃が痛い」

ハァ、大貫さん。これを機に落ち着いてくれるといいんですけどねぇ。無理かなぁ。無理だろうなぁ。

善十郎千年紀　世界の眼

赤熊の勇者はひとときの安らぎを得、妖精女王は新たなる偶像の道を歩み始めた。

されど犬は動かない。そう望まれたが故に。

彼は秩序を重んじる。罰はなくとも待てと言われ、待つことができる犬であった。静かに、雌伏の内で、別のものを喰らって飢餓を癒やし、解き放たれる時をただじっと待っていた。


犬の名は大貫善十郎。


けれども彼は立ち止まっていて尚、世界を揺れ動かす。

その名を稲妻の如く、闇の中で駆け巡らせる。

東洋の修羅、或いは狂犬。その存在に世界はようやく気づき始めた。

即ち触れるべからず《アンタッチャブル》と。

そうして、善十郎は確かに己の価値を示しはじめていたのである。

第四章　竜殺し編

トラブルアフター

先週の外国人による襲撃は、私の生活に黒い影を落とすこととなりました。フォーハンズが守ってくれたから良いものの、危うくお陀仏《だぶつ》になるところでしたからね。恐ろしい話です。地上であっても油断はできませんね。次にこのような襲撃があった時にはもう少し機敏に動きたいものです。

そして私ですが、この一週間はホテルに籠っておりました。

襲撃者の件は私だけの問題ではなく、探索協会側や警察等等としても色々と厄介な出来事であったらしいですからね。

「各方面の処理と対応が決まるまでは出歩かないように」との通達が探索協会からあったのです。

もちろん強制力はないのですが、素直に従っておいた方が良さげでしたので、そのようにしました。またすぐに狙われることはなさそうだとは言われましたが、一度あったのですから二度目がないとは言い切れません。私個人としてはドンと来いと言いたいところなのですが、それで周囲に迷惑がかかってしまうのはいけませんし、それにここ最近は精力的に働いておりましたし休暇も必要です。良い機会と思ってお休みしておりました。

とはいえ、何もしていなかったわけではありません。次の探索のプランを考えたり、大破した我が愛車に代わる新しい車を購入したりして過ごしました。

SUVキャンピングカーの探索者仕様が、キャンセルで在庫があったのですよね。簡易な防弾防刃性能付きで1500万円と、私の人生では最もお高い買い物をしましたが、高純度ポーション原液50本分と考えたところで財布の紐が緩々となり、購入ボタンを押させていただきました。

それ以外では、トレーニングルームを利用して体を鍛え始めました。探索者は体が資本ですからね。ステータスがオールFでも、身体機能の健康状態の維持は一般人よりも高いらしく、むしろステータスが高い人よりも長生きする可能性があるのだとか。

そんな話を聞いては不摂生などできません。スペック自体は一般人並みではありますが、確かに筋肉もついてきた気がします。始めて一週間程度なのですが、これも探索者になったからでしょうか。

昔から老け顔と言われた私でも、このまま鍛えて健康を維持できれば「年齢よりも随分と若々しいんですね」と言われる日が来るかもしれません。でも私、十代の頃からおじさんみたいと言われていたので無理かもしれませんね。

私以外のメンバーの近況ですが、ラキくんは最近では小さい姿のままホテル内の人工森林の木の上でお昼寝がブームです。ラキくんはホテルの他の宿泊客の方にも人気です。時々エーテル結晶をもらって美味しそうにペロペロしています。何かあっても召喚獣なので召喚解除で戻ってこれるのがラキくんの強みですね。ラキくん自身は召喚解除を嫌っているようですので無理強いはできませんけど。

フォーハンズは待機状態で私のそばにいます。ネットで調べたのですが、フォーハンズは遺跡で発掘された自律型魔法具の中では扱いやすい部類らしく、ＶＩＰの護衛役として最適なのだとか。実際私も助けられましたし、探索協会からも一緒にいるようにと勧められています。

そしてティーナさんですが……

「はーい、みんな元気かなー。フェアリークィーンティーナ様のゲーミングフェアリーちゃんねるに来てくれてありがとー。今日は９べーを倒した昨日の続きからの、この餡饅《あんまん》ど・こーアァー６のエンディング１に到達するまでやってくよー。チャンネル登録よろしくねー！」

現在はゲーム系実況配信者になっておられます。

「ゼンジューロー。私、メイチューバーになるわ！」

ドドーンという効果音が付いたようなドヤ顔のティーナさんがそう宣言されたのは、今から五日前のことでした。

どうも今回のホテル軟禁状態により、ユーリさんのチャンネルへの配信出演のお話が延期となったことで、ティーナさんの中にある承認欲求がゴーゴーと燃え上がったらしいのですよね。さすがは妖精女王様です。何がさすがなのかはさておき、メイチューバーになりたいと言っても即なれるわけではありません。

「ティーナさん。メイチューバーになりたいのは良いのですが、準備が必要ですし、メイチューバーはダンジョン実況者ですので、ダンジョンに潜れない今はなれませんよ」

「ふっふっふ。ゼンジューローは甘いわね。甘過ぎるわ。クリーム爆盛りしてシロップをぶちまけたアメリカンケーキぐらい甘いわね」

「なんと!?」

それは糖尿病になりそうですね。そういえば健康診断は今年から個人で受ける必要がありますか。確か探索者だと保険適用が変わるんでしたっけ。調べるのは面倒なのですが、三十を越えると年一でもキチンと調べないと怖いですからね。バリウム嫌いなのですけどね。

「聞いてるのゼンジューロー?」

「はい。問題はありません」

「なら良いけど。あのねゼンジューロー。ユーリの実況を見てたんだけど、メイチューバーって、ダンジョン潜ってる時以外はゲームの実況とか、料理の動画とかを流しているみたいだわ!」

「なるほど。確かにメイチューバーはダンジョンの配信をするものですが、ダンジョン配信だけではありませんものね」

「そうよ。そもそもダンジョン配信なんて大抵はダラダラとやってるんだから、そういうのはハイライトだけ繋いだダイジェストの方が見応えあるし、むしろゲーム実況とかの方がアクセス数が良いことの方が多いわ」

「身も蓋もありませんね」

まあ切り抜き編集の方が見応えあるのは当然でしょう。とはいえ、リアルタイムの方が一体感を得られるでしょうし、固定ファンはリアタイメインなのでしょうけども。

「それに私も、ゼンジューローにお小遣いをもらって過ごすだけじゃあ駄目だと思ったのよ。今は女も自分で稼ぐ時代なのよ！」

それ、私が子供の頃から言われてます。どちらかというと女も……とか男と比較しての発言はNGになってきてますけど。まあ女性が言う分には問題にはなり辛いのですが。いや、今は逆に揉めるんでしたか。生き辛い世の中です。

「ティーナさん、お金が欲しいのであればダンジョン探索は共同でのものですし、給料という形で支払うのは問題ありませんが」

「そうじゃないの！　配信したいの！　チヤホヤされたいのー!!」

「……そうですか」

はい。ティーナさんは承認欲求の塊でした。まあ妖精女王様ですしね。写真とか求められれば率先して撮っていましたし。いや、女王ってそういうものでしたっけ？　よく分かりません。

まあ良いでしょう。カメラはサーチドローンのものが使えるので、そのまま流用しています。というかですね。アレ、普通の機材よりもお高くて高性能です。

録画映像に音が乗らないくらいに静音で、アプリをインストールすればカメラワークも自動で良い感じにしてくれるとのこと。

ライブ配信ならすぐにできますし、切り抜きは携帯端末の動画編集アプリで仕上げるそうです。

ゲーム実況に関しても、コントローラーはタッチ液晶にボタンを自由に設置できるスマホアプリがあるらしく、ティーナさんはそれで普通に遊んでいます。

時代ですねー。というか、ティーナさん、私よりも遥かに文明の利器を使いこなしていますね。

ともあれ、そんなことがありまして……

「セバス、お茶をくださいな」

「はい。どうぞティーナ様」

私もティーナさんの配信に手だけ出演しています。いわゆる手タレというものでしょうか。


【おお、巨人の手が画面外からティーナ様のカップに紅茶を注いでるー】

【シージー？　デカ】

【いやティーナ様が小さいんだろ】

【やっぱり本物の妖精なの？】

【後ろのドールハウスも市販のだし見覚えあるもんなぁ】

【なんで馬鹿でかいタブレットにボタン表示させて叩いてるんだろうと思ったら】

【PZ6のゲーコンに普通に座ってたからなティーナ様。あのサイズ差じゃ使えないよ】

わずか数日でティーナさんのチャンネルの登録者数は一万を超えました。ユーリさんが宣伝したからなんですけどね。コラボ前にあったためておいたって言ってましたっけ。

そんなわけで私たちはそれぞれ休暇を満喫しておりました。

そしてホテルの謹慎状態ももうそろそろ解けるはずです。

明日には沢木さんがこちらに来て、近況の説明をしてくれるそうですので、いつぐらいから外に出れるのかも分かるのではないでしょうか。


「ハー、ブルジョワジーな生活送ってるんですねえ」

「ここを推薦してくれたのは沢木さんだったと思いますが」

「あはは、そうなんですけどね。ハァ」

先の事件の進捗の報告ということで、川越メイズホテルのラウンジに、探索協会の私の担当である沢木さんがやってきてくれました。以前に比べてため息が多くなっているようですが、探索者とは多かれ少なかれ暴力を生業《なりわい》としているもの。そんな方々を日々相手にしているわけですから、色々と気苦労が絶えないのかもしれません。大変ですね。

「この度は大貫様にはご迷惑をおかけしています。窮屈な思いをさせてはいますでしょうが、その……こちらお土産の生たまご饅頭《まんじゅう》です」

沢木さんが手渡してくれたのはひよこの一歩前が売りの人気の饅頭です。卵の甘さがひよこよりも強く、生カステラのような食感が人気なのだとか。私は甘いものはそれほど好みではありませんが、ティーナさんが喜びます。

「いえ。私はこうして五体満足ですし、そもそも悪いのはあの外国人の探索者たちなのですから。

沢木さんが頭を下げる必要はありませんよ」

「そう言っていただけるとありがたいです。それで私がここにきたのもその件でのご報告と、これからについてのお話となります」

そうして沢木さんの口から伝えられた情報は驚くべきものでした。

掻い摘んで言えば、まず先週の襲撃者の目的はティーナさんだったようです。

言葉を話す妖精を欲している国外の人物が違法魔獣ブローカー所属の探索者パーティに依頼し、彼らが私たちを襲撃したのだとか。

同じ時間帯に複数の事件が起こっていたのも、警察によって襲撃に邪魔が入らないようにするための偽装工作だったそうです。なるほど、さすがは外国の組織です。ずいぶんと手の込んだことをしてくるものなのですね。

違法魔獣ブローカーの探索者パーティは、契約者である私を殺害し、契約が解除されたティーナさんを強奪した上で、国外へ逃亡しようと計画していたのだそうです。恐ろしい話です。

それと車から出てきて逃亡した狼男は彼らのリーダーだったとのことです。

一度逃亡してから身を隠し、捕まった仲間たちが治療されたのを見計らってから厳重警備の警察病院を襲撃して仲間を回収、そのまま全員を連れて日本から離れたのだとか。つまり私が倒したメンバーも全員逃げられてしまったようです。

「本来であればもう少し早くにお伺いするはずだったのですが、襲撃犯の逃亡により関係各所でかなり混乱があったようで。ようやく昨日にこちらにも情報が降りてきた次第です」

「そうですか。全員が逃亡したということはまた襲撃があるということでしょうか?」

問題はそこです。外に出ると再度襲われる危険があるとなれば、またしばらくホテルから出れないかもしれません。そう思った私に沢木さんが疲れた顔で首を横に振ってきました。

「いえ。実はですね。襲撃犯から連絡がありまして」

「連絡ですか?」

「はい。今回の件については依頼主との齟齬《そご》があったとのことで、今後彼らが大貫様とティーナちゃんへの襲撃を行うことはない旨の通達が届いたそうです」

「あの……よく分からないのですが、それって信じて良いのですか?」

首を傾げる私に沢木さんがバッグの中から新聞を取り出してテーブルの上に開きました。

「日本の新聞ではないですね」

「はい。英国で発行されているニュースペーパーです。襲撃犯が送ってきたものと同じものを取り寄せました。ここの記事に赤丸が入っていますよね。届いたものにも同じように書かれていたんですが、囲まれている文章読めますか?」

「まあ、多少は」

ふむ。赤く丸がついた記事にはテムズ川で英国の富豪のひとりが溺死体《できしたい》で発見された……とか、そういうことが書かれているようです。

「これがなんなのでしょう?」

「どうもこの被害者が彼らの依頼主だったそうです。上司からの話では、情報の見積りが甘かったせいで依頼が失敗したため、『ケジメを取らせた』とか、そんな感じらしく」

「ハァ……すごい話ですね」

「ええ、まったく」

沢木さんが乾いた笑いを浮かべております。現実離れした話で、感情が追いついていない。そんな感じでしょうか。けれども、まあ確かに依頼主が死んだのなら再度の襲撃はないのでしょう。相手の言っていることが事実ならですけど。

「つまり万々歳ということでしょうか？」

「大貫様がそう思うならそうなんじゃないでしょうか。ええ、まあ」

ジト目をされました。

「正直に言って、私たちもどう考えれば良いのか分からない部分もありますが、上の方でも今後彼らによる再襲撃の可能性は低いだろうという認識となっております」

沢木さんが困惑した表情でそう言いました。色々と思うところがあるのでしょう。

その気持ちは分かりますが、ここまでの話を聞いて私が確認したいことはひとつだけです。

「つまり、もう外に出ても良いのですかね？」

「はい。そのように言われています。また大貫様は探索協会でも保護探索者対象として認定いたしましたので、今後同様の状況が発生したとしても事前に察知し、水際で止められるように対処いたします。ですので、同じ問題はもう起きないと思っていただいても結構です」

「そうですか。それは頼もしいですね」

保護ときましたか。けれども、それは言い方を変えれば私自身が監視対象になったということなのではないでしょうか。まあ法に反することを行うつもりはありませんので別に良いのですが。

あと沢木さん、私のこと様付けになったんですね。以前のようなフレンドリーな方が良かったのですが。これも探索協会が私を重要視してくれ始めているということなのかもしれません。最高の探索者にまた一歩近づいたのだと思っておきましょう。

「それと、これはあくまで大貫様の任意を前提とした提案ですが」

「はい?」

「ティーナちゃんの契約の解除を望むなら、探索協会が請け負います」

その言葉には私も少々ムッとしまして、顔をしかめてしまいました。

沢木さんはそんな私の反応をあらかじめ察していたのか「希望すれば……ですよ」と続けておっしゃいました。

「従魔との契約解除は専門家にお願いする必要があるので、通常は探索協会を経由する必要があるんです。ただ専門家の方は数が少ないのでこちらも選考させてもらっています。実際契約してみたけど気にいらないからチェンジ……なんて理由で気軽に頼めませんし」

なるほど。そういう事情もあるのですね。

「ですが大貫様は今回、このような望まぬ襲撃を受けたわけですし、それだけティーナちゃんは希少でとても重要な存在ではあるんです。これは、魔獣の生態という視点でも同様です。なので従魔の安全性を確保できる方に譲渡するというお考えを持った場合には、私どももこうした選択をご用意できるとだけ知っておいて欲しかったわけです。先述の通り、これは任意であって我々から大貫様に強要することはありません」

　今回の襲撃者に関しては、依頼主が死んでいるのであれば繰り返されることはないでしょう。しかしティーナさんが希少な魔獣であるというのであれば、別口でやってくる可能性は当然あります。それを考慮すれば沢木さんのいう選択もなしではありませんね。まあ、私がティーナさんと離れる選択を取ることはありませんが。

「申し訳ございません。少しカッとなったようです」

「お気持ちは分かります。探索者と従魔は精神的な部分でも繋がっています。それが離されるのは己の半身を切り離すようなものですから」

　そうですね。確かにティーナさんと私は一心同体的な、常に繋がっているような感覚があります。それが従魔契約というものなのでしょう。

「とはいえ、ここまで話したこと以上に探索協会ができることはあまりありません。先ほどは探索協会の保護のことをお話ししましたが、私個人として申し上げさせていただくならば、それを信用し過ぎるのも危険ではあると思います」

「ふむ」

「もちろん意味のないものではないですが、絶対というわけではないんです。担当として言わせていただくのであれば、大貫様がこれからも探索者を続けるなら、そして今回のような理不尽に抗したいのであれば、仲間が必要になると思いますよ」

「仲間ですか？」

人間ではありませんが、頼もしい仲間は揃っています……が、沢木さんの言いたいことはそういうことではなさそうです。

「今の大貫さんの実力は、実績から見ればレベル50の探索者に匹敵しています。従魔も合わせればその戦力は探索者の中でも上澄みの部類に入るかもしれません。以前にお話ししていたパーティを組む必要性も、今はそれほどないと思いますが、それでもこの界隈《かいわい》で上手く、安全に立ち回るのであればもっと広い繋がり、つまりはクランに所属するのが一番良いんですよ」

「……クランですか」

クランとは、探索者同士が集まった企業を指しています。私のような個人やパーティを組んでいる探索者は個人事業として扱われているのですよね。

「所属するとやはり違うのでしょうか？」

「はい。違います。個人では請け負えない規模の探索を行えますし、企業との繋がりも強ければ依頼の斡旋《あっせん》などももらえます。またクランに参加することで、個人では目の届かぬところに対しての気づきも得られます。何より探索者を続ける上での安定感が違いますよ」

「なるほど、事務所のようなところということですかね。分かりました、考えておきましょう」

と言っても、私の知っているクランなんてオーガニックとグランマ騎士団ぐらいしかないですし、私の目標が最高の探索者である以上、誰かの下につくつもりはないのですけどね。

ちなみにティーナさんがメイチューバーになることについてもお聞きしたところ、沢木さんは頭を抱えながらも「探索協会から縛りを入れることは特にない」と答えていただきました。

　目立った際のメリットとデメリットはしっかりと把握して、常識的に、無理のないように……と当たり前の話を当たり前のように返していただきました。そうですね。当たり前って大事ですよね。


「んー。それじゃあおじさん、うちに入るー？」

「ハァ。オーガニックさんはかなりの大手とお聞きしましたが？」

「平気平気。リーダー、あーしだし」

　沢木さんが去った後私は泊まりに来たユーリさんに相談をしてみました。するとユーリさんからそんな返事がきたのです。

　ユーリさん、オーガニックのリーダーだったのですね。知りませんでした。いえ、以前に聞いていたかもしれませが。ふーむ、どうでしたかね。

「うちは良いよー。結構自由だし。そもそもあーしが自由人だしねぇ」

　確かにユーリさんは自由そうです。しかし、ユーリさんがクランリーダーですか。二十も半ばだというのに立派なことです。

「それに中堅規模以下のクランじゃ、おじさんのフォローって無理だと思うよ。スプリガンキラーを半殺しにして国に帰したって界隈じゃ話題になってるし」

「スプリガンキラーですか？」

知らない名前が出てきましたね。半殺し？　そんな状態にしたのは烈さんしか身に覚えがありませんが。昨日にもラウンジでお会いしていますし、そもそも烈さん、日本人ですよね。

「うん。おじさんが撃退した違法魔獣ブローカーの名前だよー」

「ああ、彼らそういう名前だったんですね」

なるほど。私は存じ上げませんでしたが、ユーリさんは彼らのことを知っていたようです。海外のアンダーグラウンドな方々とは聞いていましたが、有名な組織だったのでしょうかね。

「なんで知ってるのって顔してるねおじさん。ふふーん、蛇の道は蛇って言うでしょ。まあ協会がそれとなくリークしてるっぽいからなんだけどねー」

「探索協会が？　それは何故でしょうか？」

ユーリさんの言葉が事実なら、それは探索協会の信用を落とす行為なのではないでしょうか。

「お馬鹿さんはどこにでもいるからねー。よわよわおじさんが目立つと叩きたくなったり、今回みたいにレア従魔を無理やり奪おうってのも出てくるんだよ。出る杭は打たれるってヤツだねー」

「なるほど。それは分かります。けれども探索者同士のトラブルは、ダンジョン内では難しいはずですよね？」

シーカーデバイスは録画機能だけではなく、接触ログやジャイロ判定による移動ログも残ります。ダンジョン内で行方不明、強奪、殺人などが確認、もしくはその疑いがあった時点でシーカーデバイスの記録が洗われ、容疑者がシーカーデバイスをなくした、故障したなどと証拠隠滅の可能性のある言い訳でもしようものなら即時収容されます。スキルで罪状を調べられればどうしようもありませんので、海外逃亡するぐらいしか逃げ道がないと言われていますね。

「そうそう、だからその手のトラブルってダンジョン内だと逆に遭遇しないんだよ。でもシーカーデバイスの所持義務はダンジョン外では適用されないからねー」

危険地帯であるダンジョンとは違い、こちらの世界ではプライバシーの侵害であるという話です。従魔持ちはダンジョン外でも記録が義務付けられていますので、私は常時シーカーデバイスを起動していますけどね。

「つまり、ダンジョンの外の方がトラブルになりやすいということですか」

「そうなんだよねー。だからおじさんがよわよわじゃなくつよつよだって広めてトラブルを回避しようとしている……みたいな？」

「私のような普通のおじさんでも怖がりますかね？」

「そりゃあ、海外のアングラ専門の探索者の骨をバキバキに折って、内臓を破裂させるような相手に絡みたくないし」

そんなことまで広まっているのですか。

言い訳をさせていただきますと、私には空気弾以外に不殺の攻撃手段がないのです。あの時の対応としてはあれがベストだったのですよ。しかし空気弾は最初に会ったラキくんにはほとんど通用しませんでしたが、烈さんにも効きましたし、探索者相手の特効効果でもあるのでしょうか？

「それでもお馬鹿さんが出るだろうけど、そこであーしらのクランに入れば、バックにあーしらがついて、お馬鹿さんも近寄らないって寸法なんだよ」

「なるほど。ユーリさんたちのクランは上級クランですものね」

クランの中でもある程度の実績が伴うと、上級という表記が付くようです。これは探索者でもそうですね。つまりは探索協会にとって信頼ができ、実績があり、実力もあると認められたということ。私がまず目指すべきものでもあります。

「そゆこと。まあおじさんの実力は知ってるし、見返りも期待はしてるから100パー善意ってわけでもないんで。自分が入っていいのかって思ってるなら、別に気後れする必要はないよー。それにね、元からおじさんをクランに誘うつもりだったんだなー。これが」

「そうなのですか?」

それは初耳です。

「そうなのです。オーガニックはメイチューバーの所属事務所も兼ねてるからねー。それこそあーしとか。ティーナちゃんがメイチューバーに乗り気だったから、保護者のおじさんにも入ってもらうつもりだったのさ」

そういうことですか。

確かにティーナさんは私の従魔なので、私が入るのは筋が通っています。それにティーナさんも乗り気のようですし、私としてもこだわりがあるわけではなく、知り合いのいるところに入れるのならその方が安心もできます。

「ですが、申し訳ありません」

「振られた!?」

「はい。申し訳ありません。私は誰かの下につくつもりはないのです」

「む、キリッとした顔で言いやがりますな。振っておいて酷いし。けど、それもおじさんなりのこだわりってヤツかー」

「そうですね。意味のないこだわりかもしれませんが」

「ふーん。そうかな？　そうかも？　まあ良いけどね。そういうこだわりって大事だよ。多分。だったらこういうのはどうかなおじさん？」

「ふむ、何でしょう？」

それからユーリさんが提案してくださったのは、私個人とオーガニックとの同盟関係でした。

私にとってはトラブルの際は介入していただけるのと、素材売却の際にオーガニックの販路を使わせてもらえる、またお仕事も斡旋していただけるというメリットがあるそうです。

素材によっては探索協会に卸すよりも売却額が上がるというのは魅力的です。車のローン返済も捗ります。そんなわけで、私はオーガニックに入りませんが同盟を結ぶことにはなりました。

オーガニックとしても、烈さんに準じる実力者と繋がりを築き、協力を要請できるという意味でメリットになるのだそうです。

あと私のとってきた高純度ポーション原液を見せたらユーリさんにしては珍しく驚きをあらわにしていました。これは良い値段でお売りできるかもしれませんね。

ちなみにティーナさんはオーガニックの芸能部門『おが肉』に正式所属になりました。メイチューバーでの活動の補助や手続き、金銭関係の管理もお任せあれとのこと。良かったですねティーナさん。

マッシュドゴーレム

どうも、おはようございます。

あの後、ユーリさんとはティーナさん、ラキくんとのコラボ配信の日程などを進めたりもしました。それと私の素材を卸すかどうかですね。

そもそもの話なのですが、ダンジョン探索のゲート外の換金所での換金というのは主に個人探索者メインのものらしく、ある程度のクランともなると独自の販路をお持ちなのだそうです。

そして現在の私の主力商品は高純度ポーション原液です。そのことをユーリさんに話したら、今までの買取額に10万上乗せの40万円で買ってもらえることになりました。オーガニック独自の伝手で製薬会社に直接卸せるからできることですね。一応そこには探索協会への手数料も込みとなっていますし、法的な問題もありません。

そんなわけでポーション原液成金と化した私は、新しく納車されたSUVキャンピングカーに乗って、秩父ゲートへと向かっています。

前回の反省を踏まえて狙撃されても跳ね返せる程度の防御力を誇り、スタンピードでも耐えられるなんてキャッチコピーもある探索者用の車です。

中が広くティーナさんもラキくんも喜んでいますね。フォーハンズは何かあった時の対処のために助手席に乗ってもらってますが。

こちらのお車は一台1500万円しまして、結果として私の残金はマイナスになっていますのでさっさと稼がないといけません。

とはいえ、毎回同じことの繰り返しでは飽きがきてしまうというもの。モチベーションの維持も考え、午前中に兄切草を集めて原液造りをして、午後は別のことを目的に動こうかと思っています。

『それでは安全安心を旨に、素晴らしい探索者生活をお楽しみください』

ということでダンジョンに入りました。

午前中はいつも通りに崖上のひとつに目処をつけて登りましたが、三度目にしてようやく当たりを引きました。そうです。誰にも荒らされていない兄切草の群生地を発見したのです。

中途半端に採集していた方々とは違い、私は搾り取れるものは全て搾り取る主義です。ですので残さず搾らせていただきました。まあ根は残すので、文字通りに根こそぎ……というわけではありませんが。

「ほい、エナジー注入。これでしばらくしたらまた収穫できるようになるわよ」

刈り取って茎だけが土から出ている無惨な兄切草に、ティーナさんが魔力的な何かを鱗粉《りんぷん》のように降り注ぎます。

「ティーナさん、それは植物操作スキルで成長を促しているのでしたっけ」

「うん、そうよ。アフターケアもしっかりしないと、次にきた時に収穫できないからねー。兄切草は根さえ残っていればまた生えてくるし、私はそれを加速させてるだけって感じ」

「もやしのようなものですかね」

「そうかな？　そうかも？　まあ栄養素《魔力》は常に降り注いでいるし、その吸収率なんかも上げてるから、多分二〜三週間で元に戻ってるんじゃないかなー」

それは便利ですね。収穫場所と収穫日などをメモしてローテーションで回れば、無限に収穫ができそうです。

そんなわけで、今回の作業で高純度ポーション原液が瓶13本分は手に入りました。しめて520円となります。慣れてきたのか作業もスムーズに終えられました。あと二回繰り返せば車代回収ですね。金銭感覚が狂いそうで怖いです。

お昼になったので昼食休憩をして、その後はここから少し離れたエリアに向かうことになりました。

それは深化の森を抜けたところにある渓谷です。

その名をリビングバレー。人の形をした生きている岩、ゴーレムたちの楽園とも呼ばれているエリアです。

地形がデスバレーに似ていることもあって、そんな名前がつけられたそうですが、私はデスバレーに行ったことがないのでよく分かりません。

砂漠に近い光景が広がっていますが特に暑いわけではありませんね。照らす光はあくまで魔力光で太陽光ではありませんので。

「へー。ねえゼンジューロー、深化の森と違って、ここは草生えてないのね」

「そうですね。この場所、元は水晶窟と同じように魔力の河が地中にあったらしいのですよ。その影響か、この辺りには植物が生えないようですし、わずかではありますがエーテル結晶も採れるそうです」

「へー、なるほどねー。まあ今回の狙いはエーテル結晶じゃないけど」

「そうですね。私たちの目標はもっと大物です」

何故こんなところに私が来たのかといえば、ここには先述の生きている岩、すなわちロックゴーレムが出没するからなのです。

このロックゴーレムというのは、魔法鉱物である精霊銀が混じった岩石の中を魔力が流れ続けた結果として魔石が生成され、それがコア化した魔獣らしいです。

つまりロックゴーレムの中にはわずかではありますが精霊銀を含有しており、それが今回の私たちの狙いとなります。

「ロックゴーレムねえ。3メートルはある巨体なのに、精霊銀の含有量は600グラム程度だったっけ」

「そうですね。動きは遅いのですが、何しろ岩でできていますのでそれなりに硬いのです。相性が良くないと、中堅どころの探索者でも簡単には倒せません。その上に採れる精霊銀の量は600グラム。特殊な処理ができる製錬所が必要なので、外までは岩のままで運ぶ必要があります」

「しかも深化の森を抜けないといけないんだから、不人気なわけよね」

ティーナさんのいう通りですね。人力では厳しいですし、シールド処理した大型輸送車を使うにしても、森の中には舗装された道路などありません。

高ランクの収納スキル持ちの探索者が輸送するのであれば可能でしょうが、だったら鉱山エリアで採掘した方がよほど儲かるという話です。

時折精霊銀の塊は出るそうなので一攫千金《いっかくせんきん》狙いもありですが、ロックゴーレムというのは硬くて倒し辛いので誰も相手にしません。つまるところ、このリビングバレーは美味しくないエリアなのですよね。『私以外』にとっては。

「ゼンジューロー、前方の岩影からゴーレム二体が来たよー」

「承知いたしました。それではお仕事の時間です」

3メートルほどの人の形をした岩の塊が近づいてきます。同じ材質の石砲弾では弾の方が砕けるかもしれません。なので、今回は別のものを用意しました。それは……

「直径8センチメートルの鉄球弾です！」

ガッシャーン
2キロはある鉄の塊が射出され、ロックゴーレムがものの見事に破壊されました。そして鉄球は勢いよく上空へと飛んでいき、そのままお星様となったのです。

「あーあ、いっちゃったー。あれは回収できないわねえ」

「そうですね。そこまで考えてませんでした。これは別の方法を考えますか」

金額自体は大したことはないのですが、鉄球1個でも2キログラムと重いですし、それに複数持っていてはかさばります。今回フォーハンズに鉄球を詰めた袋を持たせているのでまだ余裕はありますが、この方法で仕留めるのは少し考えた方が良いかもしれませんね。


前回の戦いでは尊い犠牲が出て《鉄球を紛失して》しまいました。

稼いでいる額を考えれば、鉄球を回収できないことを気に病む必要はないのですが、持ち込める数が限られている以上はその辺りも工夫をして使う必要があります。

ということで、ひと工夫してみました。

ズガガガガガガガガ
「ゼンジューローはさぁ。やっぱり怖いよね」

頑張っている私に、ティーナさんから悲しい評価を頂いてしまいました。

「便利ですよ？」

「ウンウン、そうよねー」

反省した私は、鉄球を回収しつつロックゴーレムを破壊する手段を確立したのです。

別に難しい話ではありませんでした。ロックゴーレムを破壊してなお止まらぬのであれば、飛んだ先に収納ゲートを開いて回収してしまえば良いわけです。

現在の私の収納ゲートの発生距離は私自身から5メートルほどまでなら正確に、ズレることを気にしないなら10メートル程度は離れた距離まで出すことが可能です。

つまり4メートル先にAゲートを、5メートル先にBゲートを発生させ、Aゲートから鉄球を射出してBゲートで回収、Aゲートを再構築し、Bゲートから射出してAゲートで回収……という流れを繰り返すことであら不思議。鉄球を失うことなくロックゴーレムを破壊し続けていくことが可能となったのです。

軌道をブレさせずに対象を貫通させる必要があるので用途は限られますが、ロックゴーレム相手には大変有効です。スルッと鉄球弾ハンマーで足を破壊して身動きがとれなくなったところで、他の四肢を破壊すればすぐに戦闘不能になります。

柔軟な発想こそが商売繁盛の秘訣ですね。私はこれを鉄球弾ハンマーと命名しました。ただ岩の破片が高速で飛び散るので、残りの収納ゲートをすべて前面に展開して防いでいます。

警察が使ってるような透明なライオットシールドとか用意できれば視認しながら作業ができるので良いかもしれません。地上に戻ったら購入を検討してみましょう。

目の前のロックゴーレムは既に倒していますが、収納空間に入れやすいように鉄球弾ハンマーでさらに砕いています。

ちなみに今破壊しているのは、すでに倒した二体目のロックゴーレムです。最初の一体も同じように潰して分離させたのですが、予定よりも多い700グラムの精霊銀が回収できました。含有率といっても平均ですし、収納空間の詳細鑑定なら漏らさず手に入れられる……ということなのかもしれません。インゴットではなく砂つぶ状態ですが、まあ品質は問題はないでしょう。

作業自体は簡単なもので、こうしてすり潰して砂にしたロックゴーレムを詳細鑑定付きの収納空間に入れて中身を把握、分離して精霊銀だけを出すという感じです。

「思ったよりもスムーズに作業が進みますね」

「私は暇ー」

「警戒はお願いしますよ。こうもうるさいと音に引き寄せられるかもしれないですし」

「分かってるわよ。ドローンとラキと一緒に仲良く警戒しとくわよ」

「キュルッ」

という感じで、ティーナさんとドローン、ラキくんは周囲の警戒、フォーハンズは砂入れ係で、取り出して仕分けるのが私という作業分担です。

事前に精霊銀の小さな粒をひとつ買って詳細鑑定していますので、ちゃんと把握して分けることができるようになっています。

また精霊銀よりもさらに希少な『神霊銀』という金属も、一体目からは10グラムほど回収できております。こちらもサンプルを購入したのですがほんの一粒でもそこそこお高かったです。どうやら精霊銀と混じって分離し辛いものらしく、かなりレアなのだとか。ゲーム的にいうならレアドロップアイテムといったところでしょうか。

そしてなんやかんやしている内に、二体目のロックゴーレムも分離完了できました。精霊銀は600グラム、神霊銀は15グラムほど手に入りました。

これらをどうするかは、ひとまずユーリさんに相談いたしましょう。神霊銀も希少だとは聞いているのですが、どういった用途に使えるかはよく分かりませんしね。

昨日の探索の結果ですが、ロックゴーレムは合計六体倒して精霊銀を約4キログラム、神霊銀を合計で80グラムほど集めました。その途中で私のレベルも12になりまして、収納空間が12個用意できるようになりました。私の探索者ライフは非常に順調ですね。

しかし、昨日は作業を頑張り過ぎてしまいました。何しろ人の形をしているとはいえ、3メートルサイズの岩の塊を処理するのです。それを砕いて解析付き収納空間に入れて、分離させるという作業を人力で繰り返したのですからまあ大変でした。結局はどのようなお仕事でも求められるのは集中力と忍耐力ということでしょうか。

そんなわけで、仕事を切り上げてホテルに戻った頃には二十三時を過ぎておりました。

ラウンジでたまたま出会ったユーリさんに、買取検証用の高純度ポーション原液を1本渡すと、疲れていたので自室に戻ってすぐに寝てしまいました。

翌日に目を覚ますと、朝食の時間は過ぎていたので、早めの昼食を摂ります。

シャワーを浴びてさっぱりした後、ティーナさんと一緒にオヤツの生たまご饅頭に舌鼓を打っていたところに、そこにユーリさんがやって来ました。

私は昨日に手に入れた精霊銀と神霊銀をオーガニック経由で卸せないかと思って見せたのですが

……

「えーとね。神霊銀は非常に硬くて伸びが良くて、簡単に言うと精霊銀の十分の一の薄さでも強度は倍以上になるの。特徴は魔法銀とも呼ばれている精霊銀の輝きそのままに透明であることで……ああ、そうそう。ちゃんと透明だねぇ。うん。あーしは頭の中がハテナでいっぱいだよ、おじさん」

「頑張って採ってきました」

ニッコリ。

「頑張って採ってきました」

ニッコリ。

はい。笑顔で応対しましたが、ユーリさんの目が笑っていませんね。どうやら私は何かをやってしまったようです。

「ハァ、誤魔化しきれてないからねおじさん。一応言っておくと神霊銀は採ってこれないから。精霊銀とガッチリ結合していて、分離には大掛かりな施設が必要だから、天然ものって基本自然界には存在しないの。だから一般探索者は、そもそも神霊銀を自力で手に入れることはできないんだよねぇ」

ユーリさんがジト目でそう返してきました。

なるほど……と、頷いている私の横でティーナさんがシーカーデバイスから情報を検索して「あ、本当だ」と口にしています。

なるほど。調べた時には希少なものと書かれてはいましたが、製法までは見ていませんでした。収納スキルの解析は私の想像以上に優秀だったようです。

「まったく、おじさんはこんなものをどうやって手に入れたんだろうねぇ」

「ふふふ。どうやって……ですか。ユーリさんはどうやってだと思います？」

「アレ、答え合わせしていいのかな？」

意外そうな顔をしたユーリさんに私は肩をすくめました。

確かに解析を用いた分離能力は便利過ぎると私も感じていますし、その想いはたった今上方修正もされました。ですがこれを個人で隠し続けるのにも限界があります。かといってバレないように死蔵するつもりはありません。私の望むものは己の力を抑えて手に入れられるほど生ぬるいものではないのです。

自重は悪です。お金は正義です。

最高の探索者を目指すのであれば、持てる力は１００パーセント生かすべきなのだと私は思います。

「ユーリさん個人を信用いたしますよ。正直に申しまして活用方法次第ではとても危険な気はしていましたし、今の話を聞いてさらにそう思いましたが……結局それがどの程度のものなのかを私自身も計りかねているのですよ」

「そういうの私たちも分かんないからねー。ゼンジューローがおかしいのは分かるけどさぁ」

「キュルッ」

後方から援護射撃です。

なお、撃たれたのは私の背中のような気がしますが、気のせいでしょうか。

「ふーん、そういう思い切りの良いおじさんもあーし好きだよ。うーん。それでね。ちょっと話、横道入るんだけどさー。昨日もらった高純度ポーション原液をウチのご贔屓《ひいき》さんに今朝持っていったんだよね」

「え、もう行ってきたんですか。アグレッシブですねユーリさん」

「ふふふ、フットワークの軽いクランリーダーだからねあーしは。で、結果を聞いて急いで戻ってきたとところにこれなわけだけど」

「申し訳ございません」

「ま、いいんだけどねー。知らないところでやらかすよりはさー。んでさ。卸し先に状態の確認をしてもらったんだけど、ムラが無さすぎるって言われちゃってねー。スキルで抽出すると結構ムラが出るものみたいで、少なくとも個人で造ったものではないだろうって言われたんだよねー」

なるほど。ムラがないのは、最大手『隊長製薬』の高純度のサンプル品を参考にしたためですかね。

「出所が確かなものでないなら、製薬会社の横流しか盗品を疑った方がいいって言われちゃったんだよねー」

「じゃあ売れなかったのですか？」

「ううん。問題ないところだから大丈夫だよって返したよ、おじさんの承諾が得られれば売買成立でアレの代金も振り込むし。あとこれ。おじさんの原液で作った中級ポーションをサンプルでもらったからあげる」

「これはこれはありがとうございます。販売可能ならば問題はありませんね。安心しました。それで横道から本道には戻れそうですか？」

「そうだねー。おじさんは高純度ポーション原液だけじゃなくてー、精霊銀や神霊銀も自分で持ち帰ってきた。さらにそれらが採れるダンジョンの状況などを鑑みてー、じゃあおじさんのスキルの正体を言うね。びっくりすんなよー。おらー」

　そしてユーリさんがドヤ顔でこう言いました。

「ズバリ！　対象物の成分を解析して分けることが可能な『分離』スキル……が正解でしょおじさん？」

　…………なるほど。

「ははは、おおよそ当たっています。一応正解としておきましょうか」

「むぅ。おじさん、誤魔化したねぇ。あーしは悲しいよ」

　ユーリさんが頬を膨らませています。ハムスターみたいで可愛らしいですね。しかし収納スキルの能力自体を明かす必要はありませんので、ネタバレはいたしません。それ単体のスキルではない……という以外は大体正解ですしね。

「それでですね。それが正解だとして、ユーリさんの見識ではそういったスキル持ちの探索者の未来はどうですか？　明るいものになりますかね？」

私の問いにユーリさんが「う――――ん」と考え込んで、それから自分の考えを反芻《はんすう》するかのようにゆっくりと口を開きました。

「そうだねぇ。後ろ盾がなかった場合だけどね。最初は製薬、製鉄会社当たりから囲い込みをされると思う。そんで無視できない成果が出た場合には国の機関に持っていかれるか、拉致られて海外の軍事産業とかに売られちゃうとか……かなぁ。脅すみたいな言い方になっちゃうけどねー。実際、そういうのってそこそこあるんだよねぇ。マジで」

そう口にするユーリさんの目は笑ってません。もしかすると過去に何かしらあったのかもしれませんね。そもそも私もそのような状況に最近遭遇していますし。

「それはティーナさんの時と似ていますね。まあ、あの時はティーナさん狙いで私は不要だったらしいですけど」

「うん、そういうことだねー。上級探索者たちが昔盛大に抗議してくれたおかげで、各国の探索者への規制は緩い形で済んでるんだけど。でも、そういう待遇がダーティーワークを請け負う連中にとっても美味しく映っちゃったんだよね。今や探索者、魔獣の違法売買は世界全体の問題なわけですなー」

探索者というのはやはり危険と背中合わせですね。そして、それはダンジョンの外も同様ということです。つまり、私がここまで慎重に行動していたのは正解だったということですか。

「あのさぁ、おじさん。自分は慎重に行動していて正解だった……みたいな顔してるけど、全然慎重じゃなかったからね。ユルユルだよおじさん。めちゃくちゃ危機管理意識がゆるキャラだったからね」

「なんと!?」

ユーリさんに心を読まれました。

「いや、心読んでないから。ドヤ顔してたし、あーしでなくとも誰でも分かるから」

さらに読まれました。年頃の娘さんに顔色を読まれて的中されてしまいました。

大人としては恥ずかしい限りです。

「はぁ。おじさんは色々とおかしいし、隙も多いからねー。でなきゃ海外のブローカーがソッコーで襲ったりしないって。あーしが配信に誘ったのも、そういうことがないようにオーガニックの後ろ盾を匂わせるためって意図もあったりなかったりしてたんだから」

あったりなかったりしていたのですか。まったく己の迂闊《うかつ》さに呆れ返るばかりです。

「とは言っても、人身売買云々の心配は、おじさん狙いだった場合にはもう意味ないかもだけどさー」

「ふむ。それは何故でしょうか？」

「前にスプリガンキラーを撃退したのを、協会がリークしたって言ったでしょ。それってつまり、おじさんの実力はソレが可能なレベル、最低レベル40から50程度はあるってのも裏で周知されたってことなんだよね」

「なるほど？」

「そんでそのクラスの実力者って、拉致はできても拘束し続けるってのはすごく難しいんだよ。普通にバケモンだからねぇ。でもさらった以上はスキルを使わせないといけないし、使わせたら即座に食い破られるのをずっと警戒しないといけないしでね」

まあ、それはそうですね。

私が捕まっても、隙があるなら空気弾を五月雨撃ちしながらラキくんを召喚して、時間遅延解除《スローー》も使って脱出しようとすると思います。なるほど、毎度そんなことを警戒しながら強引にスキル使わせるのは、確かに現実的ではありませんね。

「だから今後、もしおじさんを利用しようと接触してくるにせよ、懐柔とかはあっても力ずくってのはほとんどないと思うよ。油断はしない方が良いけどね」

情報のリークにはそういう抑止力的な効果もあるのですね。勉強になります。

「そうですか。まあ、世の中なにが起こるか分かりませんし警戒はしておきましょう」

「そう言いながらあまり警戒しなさそうなんだよねー、おじさんは」

心外ですね。私は顔に出にくいタイプなだけなのですけれども。

「それで話を戻しますが、ユーリさんに精霊銀と神霊銀をお見せしたのはオーガニックでこちらを買い取っていただけるのかの確認と、これでフォーハンズの槍と盾を造りたいので武具工房などを紹介してもらいたかったのですよ」

「ほーん。まあ買取は精霊銀なら問題ないよ。神霊銀はバレると不味いから要相談だけど工房もウチが懇意にしているところなら紹介はできるね。守秘義務もしっかりしてるし、うん。ちょっと先方に連絡入れてみるよ。神霊銀があるなら間違いなく食いつくだろうし」

そう言ってユーリさんは高純度ポーション原液の売買の手続きをした後に連絡を取るために部屋を出ていきました。

どうやら武器製作の目処は立ちそうです。それにしても神霊銀は銀の光沢を持ちますが、透明で軽くて硬い……のですよね。

となるとアレが作れるかもしれません。以前にも考えていた警察とかが持ってる暴徒鎮圧用の透明な盾、ライオットシールド。アレなら収納ゲートの座標を確認するのと鉄球弾ハンマーの破片を受け止めるのに使えそうなのですよね。

マジガチリベンジ

ユーリさんに武具工房についてお願いしてから三日が経ちました。

その間の二日は再びロックゴーレム退治に赴いて合計十体を倒し、精霊銀は合わせて11キログラム、神霊銀は210グラムとなりました。

精霊銀の買取額は、現在1キログラム60万円ぐらいらしいですね。金策で考えると時間効率は高純度ポーション原液の方が良いようです。

神霊銀はユーリさんの言う通りに一般探索者が手に入れられるものではないようです。それほど量は出ませんので、自分達で使うか、ユーリさんたちに融通するくらいに留めておく予定です。

また私のレベルも一日目のロックゴーレム討伐で13、二日目で14になりまして、収納空間が14個出せるようになりました。

身体能力はあい変わらず上昇した感じはありません。変わったのは収納空間が増えただけです。レベル15になればまた違う能力が増えるのでしょうか。ちょっと楽しみな反面、怖くもあります。時間遅延も解析も想像以上のものでしたからね。

そして私は今……

「いんやー、おじさんの車カッコいいねぇ。このままドライブに行きたいくらいだよー」

「ユーリさんにそう言っていただけると嬉しいですね」

「これで筋肉だるまがいなければ良かったんだけどねー」

「ひでえなユーリ。けど、大貫さん。いいなぁこれ。俺も欲しいわ」

ユーリさんや烈さんと一緒に、武具工房のあるダンジョンタウンへと向かっています。そして私が運転しているのは、自慢の新車である探索者仕様SUVキャンピングカー『ディスティニー』です。

烈さんの以前の私の呼び名はおっさんでしたが、今は大貫さんと呼ばれるようになりました。理由は同い年の私をおっさんと呼ぶと自分もおっさんに思えてくるからだそうです。烈さんは若く見えますしね。いいですね。私は十代の頃からおじさんと呼ばれていましたよ。

「確かに我ながら良い買い物をしたと思っておりますけど、烈さんなら普通に買えるんじゃないですか？」

「買えなくはねえけどよ。でも聞いた感じじゃ、高額オプション付きのキャンセル品だから代理店で在庫が浮いてて、それですぐ手に入ったって話だろ」

「普通に納車してたら本国で予約待ち過ぎてオプション揃えて……で、一年か二年はかかるんじゃないかなー。これ」

「そうなんですか。じゃあ、かなり運が良かったのですね」

「おじさんはホント豪運だよねぇ」

ケタケタとユーリさんが笑います。

「そうだぜ。それと大貫さん。一応言っておくけど、俺らもそんなに毎度稼げてるわけじゃねーからな。金になるダンジョンは大抵国や企業が押さえてるし、一千万超える買い物はさすがに躊躇はするぜ？」

買えないとは言わない辺り、さすがですね。

「あと探索者って、装備品にかける費用が馬鹿になんないからねー。そっちの筋肉は備品をよく壊すしさー」

「うっせ。命を金で買ったと思えば高くねえっての。中途半端はできねーよ」

「ま、そりゃそうだ。金ケチって仲間死なせたらマジで笑えないし」

「なるほど」

「その点、私たちはほとんどお金かからないけどねー」

「キュル」

後部座席にいるティーナさんとラキくんがそう言い合います。元手がかかることをあまりしてませんからね。

「まあ、お金は貯めとかないと、いざって時に欲しいものに手が届かないのもあるけどさー」

「そうなんだよな。ちょっと欲しいもんがオークションなんかに出されても、天井知らずで値段が吊り上がることもしょっちゅうだし。手持ちをはみ出ることもあるわけだ。稼いでる分躊躇しないで借金とかするから、貯蓄がマイナスって探索者も少なくねえんだよ」

「それは身に覚えがあって怖いですね」

この車を買った時の私の心境そのままです。

「ま、だからって受け身になったら探索者ってのはただの仕事人になっちまう。リターンとリスクの駆け引き。それができてこそ本当の探索者ってもんだぜ、大貫さん」

「なるほど。上級探索者のお言葉は勉強になりますね」

「にしても、なーんで烈は一緒に付いてきちゃったかなー。あーしはおじさんとティーナちゃんとラキくんとドライブデートの予定だったのにさー」

ドライブデートですか。こうしてユーリさんと烈さんとでドライブをしていると大学時代を思い出しますね。あの頃は当時恋人だった佐世子《さよこ》さんと、お世話になった野牛《のうし》先輩とよく一緒にいたものでしたが。

そういえば野牛先輩とはしばらく会っていませんね。佐世子さんとは少し前に飲んだのですけれども。

あの時は会社の愚痴を盛大にこぼしてしまいましたし、その会社も潰れて心配をかけているかもしれません。となれば、そろそろ近況を報告しておいた方が良いですかね。今のお仕事も軌道に乗っていますし。まあ彼女も今は前島《まえじま》グループの重役で、すぐにお会いできるかは分かりませんけれども。

そんなことを考えていると、烈さんが「何がデートだよ」と笑いました。

「そっちのティーナとの打ち合わせで案内するって約束しただけだろ」

確かにそれは間違いではないのですが、烈さんは私たちの関係をまだご存知ないようです。

「あの、烈さん。そのですね」

「まー、そういう見方もできるかなー。ねぇ、ティーナちゃん？」

「まーねー」

（おじさーん、約束したよねー？）

首を傾げる私のお尻を、助手席のユーリさんがギュッとツネってきます。痛いですよユーリさん。

あとニッコリとした笑顔が怖いですよユーリさん。

ああ、いえ。そういうことですか。烈さんが相手でもお漏らしは禁止なのですね。

まあユーリさんはメイチューバー。テレビ出演も多数の売れっ子です。小さな噂《うわさ》ひとつでも致命傷になりかねないお仕事です。仕事仲間相手に対してもスタンスは変えないあたり、彼女はプロフェッショナルなのだということでしょう。

中途半端な覚悟しか持っていなかった己を恥じいるばかりです。私もティーナさんのマネージャーのような立場でありますし、見習わないといけませんね。

「ティーナさん、頑張りましょう」

「うん？　よく分からないけど、頑張るわ？」

分かっていただけましたか。ティーナさんと私は一心同体のようなものですからね。

それからダンジョンタウンに到着すると、二人に案内されて、武具を取り扱うガンテツ工房に連れて行ってもらいました。

そこはオーガニックが贔屓にしている武具工房でして、精霊銀も神霊銀も取り扱えるとのこと。

もちろん、神霊銀の出所もしっかりと秘密にしてもらえるそうです。

今回私が注文したのは、フォーハンズ用の精霊銀の槍二本に、精霊銀のフレームと神霊銀の装甲の組み合わせた透過ライオットシールド二枚です。

制作費用や必要な他の素材は、余った神霊銀と精霊銀をお譲りするという形でお願いしました。

つまりは実質タダです。

どちらもまた採って来れば良いですし、今は車代のおかげで手持ちがありません。こちらとしても助かりますね。


ダンジョンタウンで武器と装備の発注をし、ついでにユーリさん、烈さんとのショッピングも終えて川越メイズホテルへと帰ってきた私たちですが、現在は烈さんの要望で地下の闘技台へと来ています。

　つまりはバトルですね。前回のリベンジがしたいという気持ちもあるのでしょうが烈さんは純粋に戦うことがお好きなのだそうです。今回付き添いでダンジョンタウンまで来ていただきましたし、私もお付き合いいさせていただくことになりました。

「もう、おじさんも馬鹿正直に付き合わなくても良いと思うんだけどねー」

「いえいえ。今日はせっかくお付き合いいただいたわけですし。怪我をすることなく、高レベルの方との戦いが経験できるのですから、私としても願ったり叶ったりではありますよ」

「おじさんって、思ったよりも好戦的なところあるよねー」

　そうでしょうか？

　ですが、前回の模擬戦では烈さんが実力を発揮する前に不意打ちで倒してしまったようですし、正しく実力を出した烈さんとも戦っておいた方が良いと思うのです。

「わりーな大貫さん。俺のわがままに付き合ってもらっちゃって」

「いえいえ、今日は一日付き合っていただきましたし、それに高レベルの探索者との立ち合いは私自身にもメリットのあることです。時間があるなら、いつ声をかけていただいても問題はありませんよ」

　私も日々バージョンアップしております。烈さんと切磋琢磨《せっさたくま》することで更なる高みに登れるはずです。

「サンキューな。で、それってロックメイルか？」

せっかく手合わせするのであればと探索時の格好に着替えてきたのですが、烈さんは私が新たに身に着けている装備が気になったようです。

「はい。あちらのフォーハンズとお揃いですね。知っているんですか？」

「まあな。俺は使ってないが、今の大貫さんみたいにジャケットを上に着込んでも邪魔にならない程度に薄くて頑丈ってんで、うちの連中も何人か身に着けてるな」

「ほぉ、そうなのですね」

「あーしの装備もおんなじだねー」

「改造しまくって原型ねえけどな。ユーリのは」

「まーねー。色々といじってはいるかなー」

ふむ。そういえばユーリさんのスーパーびりびりチャンネルでのお姿はかなり盛られていましたが、確かにロックメイルの形に似ていた気がしますね。

しかし、これって結構メジャーな装備だったということですか。まあ、貧弱な私でも苦もなく着れるのですから、確かにそうなりますよね。

「遺跡で見つかりやすいってんでそこそこ出回ってはいるんだが、大貫さんの反応を見たところ、アンタはそっちのフォーハンズと一緒に手に入れたってわけか。良いねえ。従魔を二体に人型魔法具も従えて、自ら手に入れた装備で探索をする。大貫さんも探索者ライフを楽しんでるってわけだ」

「順調過ぎて怖くなることもありますが、そうですね」

短い期間ですが、やった分だけの成果があって充実もしております。これは前職では得られなかった充実感です。

「だろうな。短期間でここまでやれてるんだ。つまずいてなんていられねえだろうさ。近接戦用の装備としては若干弱い気もするが、まあ大貫さんは速度で圧倒するタイプだから問題はないのか」

ひとり頷く烈さんの言葉に、私は少しだけ微笑んでしまいました。

接近戦メインと思われているようですが、私の本来のスタイルは石砲弾などを用いた遠距離戦メインです。ですが、それを分かりやすく晒《さら》す必要はありません。手札はいくつも隠し持つ。ユーリさんにも警戒心が足りないというようなことも言われていますし、探索者たるもの、虚実を交えることで実力を隠してみても良いと思うのですよ。

おや、そんなことを考えている私に、ラキくんが近づいてきました。

「キュル」

「ラキくん、心配してくれるのですか？」

「うーん、心配はしてるけど……ゼンジューローがレッツをいじめるんじゃないかって方を心配してるみたい。前も一瞬だったしって思ってるわね」

「ブッハ」

ティーナさんの補足にユーリさんが噴き出してしまいました。

「……そうですか」

「不甲斐なくてすまん」

烈さんも落ち込んでしまいました。あとうちの子たちの私への認識が最近よろしくないように感じます。何故でしょうか？

「まあ、確かになぁ。前は情けない姿を見せちまったし、ラキにそう思われるのは仕方ねえかもなぁ。けど」

突然、烈さんの体から赤いオーラのようなものが噴き出しました。なんでしょうか。全身がビリビリとします。烈さんから放たれる圧力に、私の本能が反応しているような……

「前回は様子見のつもりだったからなー。言い訳になるが高レベルのスペックだけでやれると思って油断した。ありゃ完全に俺が悪い」

そう言って、闘志をたぎらせた目で烈さんが私を見てきます。

その様子に慢心も油断も感じません。

つまりはここからが『本当の台場烈』の実力が見れるということなのでしょう。

「だから今回は最初から全力で行く。大貫さん、これがスキルの『身体強化』ってヤツだ」

烈さんが自らのスキルを明かしました。

身体強化。それは文字通りに身体を強化するスキルです。単純な効果のスキルですが、高レベル・高ステータスの探索者が使用すれば、その力は凄まじいものとなります。

なるほど、それを発揮する前に倒してしまったのが前回ならば、確かに烈さんは自分の実力を全く発揮できていなかったのでしょう。

「烈さん、スキルはあまり人に教えるものではないと聞いていています。よろしかったのですか？」

「別にこいつのことは普通に知られてるし、プロフィールにも載せてっから平気だ。手札は他にもあるしな」

「なるほど」

「そんでアンタのスキルは前回でおおよその予想はついている。悪いが勝たせてもらうぜ」

本気の目をしておりますね。これが高レベルの探索者ですか。その溢れ出ている闘気だけで肌にビリビリと来ます。

「じゃあゼンジューローとレッの模擬戦、始めるよー。ユーリィ」

「ほいな。それじゃふたりとも、試合開始だよ！」

ユーリさんの合図とともに、烈さんが駆け出しました。

「先手必勝！」

ほぉ、これは速いですね。一般人と同程度のスペックしかない私では、烈さんの動きを捉えることすらできません。なので、こうします。

「お、ぉお!?」

目の前で烈さんがドンッと、車にぶつかったかのように跳ね飛びました。

烈さんには見えていないでしょうが、彼と私の間には不規則に収納ゲートが並べられています。

加速した烈さんはそこに突っ込み、収納ゲートに力負けをして弾かれてしまったのです。

現時点で未だ砕かれたことのない私の収納ゲートが12個も壁となっているのですから、近づくことすら容易ではないでしょう。

そもそも収納ゲートは私以外には見えませんしね。さて、烈さんはここからどう動きますか？

「チックショウ。また見えない何かがありやがる。これは以前と同じか。だったら」

空中でクルリンと回転して着地した烈さんが、再び目にも留まらぬ速度で走り出しました。それも私の方に向かってではなく、闘技台を外回りにです。またジグザグと不規則にも動いていて、狙いが定めにくいですね。

「はっはー、やっぱり何かやってやがんな大貫さん。けどな。上級探索者は勘でそういうのも察知できるもんなんだぜ？」

怖いですね上級探索者。

野生の勘でも働いてるのか、まるで見えているかのように烈さんは収納ゲートを避け続けています。

そして、視覚外から仕掛けるつもりなのでしょう。私の背後に回り込もうと動いています。私も視覚外に収納ゲートを配置するのは……できますけど、狙った場所へと正確に置ける自信はまだありません。避けられて踏み込まれたら危ういですね。

ですので私もここで手札をひとつ切ります。すなわち時間遅延《スロー》解除です。ポンッとですね。

「ぬぁぁあ……ぬぃいい……いい」

引き伸ばされる声が聞こえますが、烈さんには今の私が高速で動いているように見えていることでしょう。普通に振り返って烈さんの下へと走っているだけですが、彼からすれば咄嗟の振り向きからの高速移動のように見えているはずです。

このまま懐に入っての掌底からの流れるような空気弾……を!?

「つぅぅうぅうかぁまああぇ」

なんということでしょう。烈さんの右腕だけが不自然に加速して、私の手首を掴もうとしています。これはまさか、身体強化を部分的に強めているのですか？　時間遅延解除《スロー》を力技で凌駕《りょうが》してくるとは思いませんでした。ですが、私も捕まるわけにはいきませんので、手は打たせてもらいます。

「ぇえええたぁあ……ああ?」

私を捕まえようとする烈さんの手の前に、収納ゲートを置きました。

確かに時間遅延解除《スロー》だけならば、私は烈さんに敗れていたかもしれません。この速度域に対応できるという時点で、私は速いおじさんからただのおじさんに成り下がるのですから。けれども私の手札はそれだけではないのです。

烈さんの掴みを阻んだ収納空間を解除して、その手に空気弾を撃ちました。

「ぎぃゃっ、がァ……ア」

間伸びした悲鳴とともに彼の右腕が弾かれます。けれども踏みとどまりました。

さすがですね。ですが、即座に反撃に移れるほどではないようです。

私も一歩踏み込んで、烈さんの腹へと手を添えさせて頂きます。

「ツァアナ」

「申し訳ありませんが」

そしてその場に収納ゲートを五つ展開して、ゼロ距離で空気弾を放ちました。

「これで終わりです」

「ヒゥ…………ウィギィイ……イイアアアアアアアアッ」

おお。ちょうど時間遅延解除《スローー》が解けて、錐揉《きりも》みしながら烈さんが高速で吹き飛んでいきます。すごい勢いです。

あ、ヤバいかも。

そんなことを思いましたが、それは杞憂というものでしょう。烈さんは身体強化をしていますから、頑丈で、強力で、だから大丈夫なんです。以前と違って問題はないはずです。

烈さんは床をバウンドし、高回転で壁に激突して、ビターンとカエルを叩き付けたような音をしてからようやく止まりました。

ふぅ、止まりましたよ。良かった。やっぱり問題はありませんね。危ない、危ない。

「うわ、アレ……本当に生きてる？」

なんてことを言うんですかユーリさん。

「イチチ」

「申し訳ありません。どうも加減を誤ったようでして」

「ああ、いや。気にすんなって。勝負なんだしよ」

目が覚めるとおっさ……いや、大貫さんが綺麗な形の土下座をキメて謝ってきやがった。しかもこれは多分『慣れて』やがる。でなけりゃぁ、こんな黄金長方形を体現したような土下座はできねぇ。相変わらず規格外な人だぜ大貫さん。

しっかし、この人はこれでも俺と同じ三十五歳なんだよな。誕生日は俺の方が早いから、俺の方がおっさん説まであるが……三十五歳ってのは別におっさんじゃあねえんだよ。というか大貫さんのツラが老けすぎなんだよ。四十半ばって言われた方が頷けるぜ。

そもそも探索者ってのは総じて若作りだからな。俺も施術した時点からほとんど老けてねえ。大貫さんはまだ探索者になって一ヶ月も経ってねえらしいんだが見た感じ四十代だろ。元から老け顔だったんだろうよ。

けど大貫さん、素のステータスは低そうだし、ステータスが低い分、生命の保持力は高くなるなんて研究発表もあるそうだから、長生きはできそうなんだよな。ステータスがオールFなら千年は生きられるんじゃないかって与太話まであるくらいだし。まあダンジョンに繋がってまだ十年だから机上の空論ではあるけどよ。

いや、まあ……そんなこと、どうでもいいんだが……

「ねえねえ烈ー。めっちゃバズってるよー」

「ユーリ、テメェ。またSNSに上げたのかよ!?」

うんわ。白目剥いてる俺がガッツリ映ってる。なんで俺生きてるんだって姿だな。マジで。いや、そうなんだな。ようやく現実が見えてきたわ。

そうか。そうか。そうなのかぁ。

ハァアアアアアアア。

俺、また負けたのか？　ガチでやったのに？　大貫さんのスピードに対抗するために視覚と右腕だけをフル強化して捕まえようとして、弾かれて腹パンされた……って感じか。

恐らくはほぼ同時の五連打。

この闘技台には、ダメージを肩代わりするシールドを発生させる機能があるわけだが、それにも限度がある。まあダメージ自体は弱まるはずなんだが、それでも俺が気絶するほどの威力かよ。本気でヤバいな、こりゃ。

「しばかれるの間違いじゃない？」

「うるせえ」

そりゃ俺じゃあユーリには勝てねえんだけどよ。惚れてる女に言われっとさすがに凹むんだよ。色々とな。

「ともかく大貫さんは頭を上げてくれよ。あんたは勝者なんだ。むしろ誇ってくれよ、俺に勝ったことをな」

「……そうですね。はい。分かりました」

「はは、素直なのは美徳だぜ大貫さん。それにしてもマジ強ぇえなアンタ。俺死んだかと思ったわ」

「いえ、私はスキルに恵まれただけですよ」

大貫さんはそう言って首を横に振るが、それだけじゃねえのは明白だ。

この大貫さんには躊躇ってヤツがねえ。最初にやった時も初手で仕留めに来た。今回だって冷静に対処して俺をノした。とても荒事に関わってなかった人間の判断と行動じゃあないっての。

噂に聞くスプリガンキラーも酷い有様で、死んでなかったのは相手の運が良かっただけなんてことも言われてる。まあ、そこは探索協会が過度に大貫さんのことを持ち上げて怖がらせようとしてるだけなんだろうがな。

確か、銃弾を撃ち返して全員を蜂の巣にした後、念入りにブチかまして複雑骨折と内臓破裂にして仕留めたなんて……相手も殺しにきたんだからやり過ぎとは言わないが、盛り過ぎだろうよ。少し前まで一般人だった人間がやれるわけねえし。

けれどもその実力は確かだ。スキルの力だけじゃないのは間違いねえ。

「ところで烈さん、体は大丈夫なのですか？　先ほどまでシュウシュウと体のあちこちから煙が出ていて、その傷とか折れてた足とかも治ったようなのですが？」

「ん？　ああ、そういう体質なんだよ。問題ねえ」

「烈のそれはメッチャお腹は減るんだけどねぇ」

「しゃーねーだろ。これは魔力よりも体内のエネルギーを消費してるっぽいんだからよ」

そう言っている間にぐーと腹の音がしてきた。再生スキルは体内エネルギーを消費して無意識下でも働く俺の切り札だ。とはいえ、無意識下で発動してたってことは多分死にかけてた。こんなの久々だわな。マジで数年ぶりかもしんねえ。

あ、半年前に目の前のコイツに殺されかけたわ。あーしに勝てるぐらいじゃないと付き合えないぜっとか言われてな。へっ、面白えよ。次こそは勝って俺の女にしてやるぜ。そのためにも、もっと強くならねえと。

にしても……

「クック。なあ、ユーリ。ウチと協力関係になった人がここまで強いってのは良いことだよなぁ？」

「まあね。アンタ、それでもウチのナンバーフォーだし」

「烈さんよりも強い方が、まだ三人もいらっしゃるんですね」

大貫さんが驚いてるが、マジの話だ。

一番ツエーのは、目の前にいるクランリーダーのユーリなんだけどな。正直に言ってユーリは別格だ。何度も闘ったが、いまだに勝ち筋が見えねえ。俺個人としては悔しいことだけど、ウチのリーダーだけはあるってことさ。

「そうだな。大貫さんも相当だが……なあ、ところで大貫さんは今年のシーカーグランプリに出るのかい？」

「シーカーグランプリ？」

大貫さんが首を傾げた。

シーカーグランプリってのは国内の選ばれた探索者同士が闘う闘技大会だ。

このホテルの闘技台の強化版を使ってマジモンのバトルを行う大会で、俺も当然参加する。その俺をブチのめした大貫さんなら参加できるだけの実力は当然あるわけだが、この様子じゃマジで知らねえんだろうな。

探索者なのにどこまでアンバランスなんだか。新人でこっちの業界のことほとんど知らないって言ってたもんなぁ。

ん？　あれ？　待てよ。となるとこの人、仮にシーカーグランプリに参加するとなると新人戦のニューカマーグランプリか？

確か探索者経験三年内は例外除いてそっちに回されるって規約だし。え？　それって面白……

「いや、さっきのを新人くんが喰らったら普通に死んじゃうんじゃ……」

いや、やっぱりヤバいか？

ドラゴンハント

烈さんからシーカーグランプリについて、色々と教えていただきました。

シーカーグランプリとは、年に一度行われる探索者同士の闘技大会のことなのだそうです。

ホテルの地下闘技台をさらに強化した闘技台を用いて戦闘を行うとのことで、今回の烈さんのように気絶することなく、安全に真剣にバトルができるのだとか。

私はまだ探索者になってまだ一ヶ月なので、参加するのであれば新人戦のニューカマーグランプリとなるそうです。それに実力証明のために、上級クランからの推薦も必要とされるそうです。

烈さんからは、オーガニックの推薦を出してくれると申し出ていただけましたので、私も参加する方向で考えてみるつもりです。こうして実力を周囲にアピールしておくことで最高の探索者にまた一歩近づけるのではないでしょうか。

　本日は午前中は高純度ポーション原液を収集し、午後はまたもやリビングバレーです。手持ちの精霊銀と神霊銀がなくなったので補充をしたいのと、試してみたいことがあるのですよね。

「はい。終わりました」

「足を潰して倒して破壊。ゼンジューローが手慣れすぎてて怖いわ。人の心が通っていないマシーンのようよ」

「繰り返す作業は得意なのですよ。業務効率が上がるのが目に見えて分かるので、モチベーションも上がりますし」

「あーそー」

　ティーナさんがジト目です。同じ記憶を持っているはずなのに、認識に差って出るものなのですね。まあティーナさんは異世界の住人ですし、私たち地球人とは常識が違うのかもしれませんが。

「それでゼンジューロー。試してみたいことって何なの？」

「はい。私って時間遅延《スロー》解除が使えるじゃないですか。私の認識時間で十秒間、時間が遅くなるものなのですが」

「そうね。あのビデオ再生速度二〜三〇倍だかもっといってるように見えるキモいヤツね」

　キモ……そう見えるのですか。もっと見栄えにも気を遣った方がよろしいのですかね。今度録画して動きをチェックしてみますか。

「はい、そうです。あのキモいヤツです。すみません」

「いや落ち込まないでよゼンジューロー。ごめんて。私も言い過ぎたから。ロイヤルジョークよ？」

「そうですか。ロイヤルなら仕方ないですね」

妖精女王様ですものね。そういうこともありますか。

「それで試したいことというのはですね。時間遅延解除《スロー》と同じように、解析付き収納空間を解除して特別な効果が出ないかを試したいと思いまして」

「あー、解析付き収納空間を解除すればまた別の効果になるかもってこと？　今まで試してなかったんだ？」

「はい、そうですね。暴走する可能性もあるじゃないですか」

最初に空気弾を出した時はベランダが半壊しましたし、時間遅延解除《スロー》も恐るべき性能です。

「暴走って……どんなことを想定してるわけ？」

「解析だけならともかく、分離的な現象が起きた場合、ティーナさんのモツが体外に排出されたりする可能性が」

「いやいや怖い怖い。私のモツを出さないでよ」

「出すつもりはありませんが、想像してしまった以上、万が一考えが引っ張られてティーナさんのモツが分けられてしまうかもしれないのです」

スキルは自身の認識によって発動します。考えれば考えるほどティーナさんのモツが危険な気がしてきて今まで躊躇していました。

「ですが、何が起こるか分からないのは怖いので、落ち着いた時に試してみようと思っていたのです」

まあ、そう思い立ってからしばらく忘れていたのですが……それは良いでしょう。ともあれ、ティーナさんたちには距離を取ってもらって、私は地面の上にゴーレムのカケラを置いて試してみます。これを対象に意識しておけば、分離しても精霊銀が外に撒かれる程度で収まるでしょう。多分ですけどティーナさんのモツは平気なはずです。

「こっちチラ見しないでよゼンジューロー。怖いから。今のゼンジューローはブッチャーの気配を醸し出してるわ」

酷い言われようです。ともあれ、ティーナさんのことは忘れましょう。今はゴーレムのカケラに集中です。

「それではやってみます。解析付き収納空間を解除！」

解除しました。それはそれとして空気弾は出てゴーレムのカケラが吹き飛びました。そして効果ですが……

「ど、どう？」

「ふ――」

恐る恐る近づくティーナさんとラキくんですが、見た感じでは何も起きてはいないように思えるでしょう。私は少し頭が痛いですが、慣れれば何とかなりますかね。

「そうですね……一瞬ですが、周囲を把握したような感覚がありました。精霊銀と神霊銀のある箇所は判別できましたよ。分離まではまだ無理ですね。あの一瞬で判断して振り分ければいけるかもしれませんが」

「そ、そう。私のモツの平穏のためにできなくていいわ」

やり様によっては、心臓抜き取りみたいなこともできるかなと思いましたが、今は無理ですね。解析ほどの精度ではありませんが、結構な範囲を把握できました。効果範囲は後で確認の必要がありますが、この効果は解析《アナライズ》というよりも解析解除《サーチ》とでもいうべきではないでしょうか。

まあ、それはそれとして、今の解析解除《サーチ》で気になる反応を発見してしまいました。それはこの岩場からも見える森の中から……

ビービービー

おや、メガネ型デバイスの骨伝導イヤホンから、警告音が発せられています。これは……救援要請の信号でしょうか？

「ゼンジューロー、魔獣が来るわよ。救援信号と関係あるか分からないけど」

「はい。解析解除《サーチ》で把握しております」

「え？　なら、先に言ってよね」

「すみません。距離があったのでまだ大丈夫だと思いまして」

「解析解除《サーチ》って、もしかして結構範囲広いの？」

「そうですね。離れるほどぼんやりとしますが、近づく魔獣の数ぐらいは分かります」

そんなことを話している間にも、森の中から魔獣が出てきました。見たところ、サイに似た恐竜といった感じの魔獣です。

「ゼンジューロー、アレはサイサウルスっていうサイに似た恐竜型のランクD魔獣ですって」

「へぇ、そうなんですか」

サイって日本語ではなかったのではないでしょうか。そこにサウルスを付けるのですか。日本の方が名付けたのですかね。

「草食ですか？」

「肉食よ」

「そうですか」

戦闘は避けられないようです。サイは絶滅危惧種ですから気がひけるのですけどね。とはいえ異世界の似ているだけの魔獣ですから、生物としての関連性はありません。私の気分だけの問題です。

「追われている探索者もいないようですし、救援信号とは別口のようですが」

どうにも森が騒がしい気がします。

とはいえ今は目の前に集中です。サイサウルスは二体、接近してきます。アレをどう倒しましょうかね。

ハッ、そうです。ハンマー鉄球弾を使ってみましょう。

「キュルッ」

「ゼンジューロー、来るわよ」

「問題ありません」

それでは進路上の左右に収納ゲートをそれぞれ開きまして……と。それではいざアタックです。

ブッシャ――――

おうふっ

大変です。サイサウルスの肉体が血飛沫《ちしぶき》と共にばら撒かれました。

「ゼンジューロー」

「はい」

「やるなら先に言って。離れるから」

運悪く飛び散った血を浴びて真っ赤になったティーナさんが、静かな声で言っています。怒っていますね。申し訳ありません。ちょっと試したくなってやってしまいましたが、ライオットシールドとかで守っておかないとやっぱり危ないですね。

「ハァ。それでゼンジューロー、救援信号はどうするの？」

「今の魔獣に誰かが追われていた……というわけではないようですし、どこかで誰かが助けを求めているということですよね。では、うん？」

ドゴォオン

話している途中で、森の奥で何か赤く光り、爆発音が響いてきました。続いて魔獣の咆哮や悲鳴も聞こえます。

「あれは……なんだかヤバそうですね」

私でも分かるくらいの濃密な気配が、ここまで届いてきています。隠す気もないのでしょう。サイサウルスが何匹か近づいてきましたが、仲間の死体を見るなり、私を無視して逃げていきます。

「こちらを構う余裕などないのでしょうね」

「それは自分たちがああなりたくないからだと思うわ」

ティーナさんが真っ赤な絨毯《じゆうたん》を指差して言いました。まあ、確かにミンチは嫌ですか。

「どうするゼンジューロー？」

どうする？

ふむ。

「あの先で助けを求めている人がいるのですよね？」

「多分そうね。でも助ける義務はないらしいわよ？」

まあ救援信号は助けを求めるとともに危険だから近づくなと知らせるものでもありますからね。

実力がなければ、死ぬだけ。腕に自信がなければミイラ取りがミイラになるだけです。そして、私は……

「フフ」

「気持ち悪いわね」

おや、笑い声が漏れてしまいましたか。

「申し訳ありません。でも、どうやらこれが私の性分なようです」

「そう。来るわよゼンジューロー」

おやおや、正面から迫ってきているあの群れは、私を避けようとはしないようです。まあ十体はいますしね。自分たちが数の分だけ有利であると思ったのでしょう。

「性分ねぇ。それって別に人助けをしたいって意味じゃあないわよね。その顔的に」

ティーナさんが何かおっしゃっていますが、今は目の前に集中です。ラキくんとフォーハンズも構えてくださっています。

「それではいきましょうか」

戦闘開始。

私は一歩を踏み出しました。

同時に収納ゲートを展開し、石砲弾を撃っていきます。バタバタバタバタとサイサウルスが倒れていきます。放った石の弾は、あのクラスの魔獣になら十分に効力はあるようです。

「懐かしいですね」

「何か言ったゼンジューロー？」

「いいえ。なんでもありません」

ただ、最初に出会ったコボルトを思い出しただけです。あの時の私はまだビギナーも良いところでした。あんなモツがこぼれた程度で動揺していました。あの時からまだそれほど時間は経っていないはずなのですが、ここまでの経験が私を鍛え上げてくれたようです。

「ギィイイ」

第二陣が近づいてきたのでこちらも仕留めましたが、血飛沫が結構散りますね。しかし私は探索者です。魔獣を狩ることもお仕事の一環です。こうして命を糧《かて》にしている以上、自分の起こした結果を忌避するのは、相手に対して不誠実であろうと思います。自分の行いから目を背けることは許されないのだと考えます。

あの時の私はそんなことも理解できず、気分を悪くして吐いてしまいました。ふふ、少し笑ってしまいますね。

おや、笑った私を見てサイサウルスたちが急に避け始めました。ふむ。どうやら、私と戦うことが無駄だと気づいたのでしょう。であれば、ペースを上げても問題はありませんか。

「ラキくん。ここはもういいでしょう。先へと進みたいので、乗せていただけますか？」

「キュルッ」

そしてお願いを快く受けてくれたラキくんに乗って、私たちは森の中を駆け抜けていきます。

ああ、気持ちいいですね。テンションが上がっているせいか、どこまでも進んでいけそうな感覚が全身を支配しています。これまでの人生でここまで充実した気持ちになったのは初めてです。であれば、初めてのこの感覚に浮き足立ってしまうのも仕方ないことだと思います。

もちろん探索者になる前の私の半生が充実していなかった……というわけではありません。小中高大とエスカレーター式に上がって、大学では中退になってしまいましたが、先輩の助けを借りて前職につき、これまでも人並みの人生を送ってきたという自負はあります。

自分には出来過ぎた出会いもありましたし、悲しい別れも何度か体験しています。

だから自分のここまでの人生を、つまらないものだったとか、無味乾燥なものだったとか、そんな風に卑下するつもりはありません。悪くない人生だったと胸を張って言えるつもりです。

ですが、探索者になったことで私の中の何かが変わりました。何しろこれまでの人生で、こんなにも夢中になれたことはありませんでした。ここまで『熱を持てた』ことはありませんでした。

君も最高の探索者を目指さないか？

あのポスターのキャッチフレーズを見てから、確かに私は変わりました。夢を持てました。理想を持てました。未来に、より希望が見れるようになったのです。
ああ、そうです。これがきっと見えている世界が変わった……ということなのでしょう。素晴らしい。心が躍るとはまさにこのことです。どこまでも、どこまでも。先へ、先へと。今の私なら、私たちなら行けるはずです。
ラキくん、ティーナさん。この先に私たちの未来があります。私に熱を与えてくれるモノがいるはずです。さあ、さあ、突き進みましょう。私たちの探索はこれからです！

あ

ミツケタ

つまるところ、彼は世界の王者だった。

彼の行く手を遮れることができるのは同族しか存在せず、あらゆるものは彼の所有物で、あらゆるものは彼の餌で、彼の玩具であった。

彼は竜種だ。最強種とも謳《うた》われる、生物の頂点だ。そんな竜種の中でも翼を退化させ、空を飛べぬ代わりに肉体強度を引き上げ、最硬の鱗を生やすに至った地竜の王が彼であった。

地竜の王は世界に飽きていた。暇を持て余していた。何故ならば彼らには敵がいなかった。せいぜいが撫《な》でて遊ぶ程度の餌ばかり。そんな貧相な餌だけでは食事にも張り合いがないというモノ。

故に生きが良い猿を見つけたのであれば、なぶって遊ぶのは当然のことだった。

必死に逃げる様は滑稽で、可笑しく、いじましく、いずれ力尽きてしまうだろう。であれば、その猿の全てを絞り出すまで、或いは己が飽きるまで遊び尽くそう……と地竜の王は上機嫌で追い回し続けていた。

さあ進め。ほら逃げろ。転んだか？　追いついて踏み潰してしまうぞ。全くもって愉快。全くもって痛快。久方ぶりに彼は楽しくなっていた。存分に愉悦を感じていたのだ。アレに出会うまでは。

ゾワリ

悪寒。心臓を掴まれたような一瞬の恐怖。

感じたソレをあり得ぬと地竜の王は思ったが、己の感覚に嘘はつけぬ。

そして地竜の王は己にそのような感覚を与えた存在が、森の奥からでかい赤熊に乗ってやってきたのに気がついた。

その外見は追いかけ回していた猿と同種であろう。けれども竜種としての生存本能が、ソレと目があった瞬間に察してしまった。見た目こそ猿であるが、猿ではない、悍《おぞ》ましい、別の何かであると。

ドラゴンである彼は運にも恵まれ、これまでに己らよりも強者に出会ったことはなかった。だが強者故に、種として優れているが故に気づいてしまうこともある。


近づいてくるアレは化け物だと。


あの顔を彼は知っている。あれは獲物を狙う同族と同じ顔だ。きっとつい先ほどまでの自分も同じ顔をしていたはずだ。地竜の王を前に、そうあることができる猿など警戒せぬ方が無理というもの。

けれども、地竜の王は近づいてきたソレを見て、すぐさま自分の認識が誤りであることを察する。より良く見えるようになったソレの顔を見て彼は断じた。同じではない。自分たちは断じて、あのような浅ましい、醜いものではないはずだと。

ドラゴンである彼とて獲物で遊ぶことはある。つい今までのように。

けれども、その根底は食欲から来る本能に根差したもの。狩猟を是とする生物としての正しい有り様だ。

しかし近づいてくるアレは違う。アレは腹が満たされようと、空いていようと変わらず飢えている生き物だと地竜の王は感じ取った。

腹を満たすのではなく、戦うことを、殺すことを目的とした戦闘生命体。生きることを目的とした己らとは違う系譜の異形。決して相容れない存在。そこにいるのは、命の輝きに魅せられ、欲し続ける渇望の怪物なのだと。

「ォォォォオオオン」

逃げるべきだと感じた。けれども竜種の矜持《きょうじ》がそれを拒んだ。猿を相手に引くことなどあり得ぬと、己が内の恐怖を咆哮で塗り潰して地竜の王は前へと進んだ。

そして放つのは溶岩弾。それはあらかじめ己の体内に入れていた自身の鱗を媒介に、竜のブレスを纏わせた必殺の技だ。

その一撃は獲物を燃やし尽くしてしまうため、放つ相手は餌ではなく、明確な己の敵に対してのみと限定していた。地竜の王は初手からそれを解禁した。

その手札を躊躇なく切ったのは彼の取り得る選択の中では最善のものであるはずだった。けれども運は彼に味方しなかった。

「グル？」

或いは、ただのブレスであれば結果は別であったかもしれない。何故ならば、彼が対峙した相手は不定形の、範囲の広い攻撃を防ぐ手段を持たない。故にブレスであれば、そのまま炎に包まれて燃え尽きていた可能性は高かった。

けれども、残念ながら溶岩弾は実体を持つ。それではあの怪物には届かない。

呆気なく弾かれる溶岩弾を見て、地竜の王は眼を丸くする。その攻撃は、不可視の盾を持つ猿には届かない。

「ギア!?」

瞬く間に避け、防ぎ、前へ前へと接近する猿にドラゴンは焦りを覚える……が、次の瞬間に自身の体に何かがガツンと当たった。

それは岩であっただろうか。その威力はそれなりのもの。この近隣に生息している魔獣相手では必殺になり得るもの。けれども地竜の王には通用しない。特に同族の中でも最硬を誇る地竜の鱗には通らない。

その事実に地竜の王は安堵した。どれだけこちらの攻撃を避けようと、こちらへ攻撃が通らぬのであれば敵ではないと。恐れるべき相手ではないと。そんな浅慮な思考のままに、わずかな愉悦を浮かべて猿を見て、目と目が合った次の瞬間に視界が真っ赤に染まった。

「ギギャァアアア」

両目が熱く、赤く、痛い。何も見えない。地竜の王はパニックになって暴れようとするが、己の内側から何かが刺された感覚が生まれ、痛みと恐怖と困惑で悲鳴をあげた。何が起きているのかは分からない。けれども何かは起きていて、自分は最悪の真っ只中にいると地竜の王は察して逃げようとして、その声を聞いた。

「ああ、そこですね」

　実際には、その声は高速で発せられていて、言語を理解できたとしても通じなかったはずのものだ。そもそも地竜に言語を理解できるほどの知性はなく、当然言葉の意味は分からなかった。けれども、地竜は確かに理解した。その言葉に乗った怪物の思考を読み取った。見えぬ怪物がたった今、己の命に手が届いたのだと。

「ギッ」

　直後、無防備に開いた口内へと射出された『複数のロックナイフ』が地竜の王の頭部を貫通して脳を粉砕した。

　そして生きるための機能を失った巨体が、ゆっくりと大地へと崩れ落ちていった。

エピローグ

ピンチザドーター

【逃げてリンちゃん】

【駄目だって。死んじゃうから】

【うわぁああ、追ってきてる!?】

バイザーに映るコメントに目を通しながら、僕はひたすら岩場を走っていた。ここは秩父ゲート先の深化の森、リビングバレーを越えたところにある境界の森。そして今僕を追ってきているのはグランドアースドレイクっていうデッカい岩のドラゴンだ。

「なんで、なんでこんなことになったのさー」

僕、涙目である。絶体絶命のピンチってヤツ。

僕の名前は前島凜。

鬼肉と書いてオーガニックって読むクランの芸能部門『おが肉』所属メイチューバーのひとりだ。

今日、僕は秩父ゲート内にあるリビングバレーの遺跡探索に出ていた。リスナーのひとりから未発見の遺跡の所在を聞き、情報の裏取りもしてこうしてストリーミングで配信をしながらやってきたわけなのだけれども。

「なんで？　なんで!?　なーんで、あんなのがいるかなぁあ」

ドガァアアン
うわ――、岩石がいっぱい飛んできてるよ。ヤバイヤバイヤバイ。避けるにしてもギリギリだ。

僕のスキル『直感』は、危険感知やクリティカル狙いも可能な『集中』と並んで有用なスキル。でも、地味だからその分、冒険しないと撮れ高がないんだ。

だから足で稼ぐのが僕のスタイルなんだけど、今回はさすがにしくじり過ぎたと思う。でもランクＤダンジョンでランクＡ魔獣に遭遇とか予想なんてできるわけないじゃないか。うわーん。

「って、うわっ」

あーもう、無理。避けきれない。

イタタタ。足をやられちゃった。

【リンちゃん、血が出てる】

【もう駄目だー】

【ちょっと誰か助けに行ってよ】

【無理だってさっき言ってただろ】

【その場所だと秩父ゲートから二時間はかかる】

【間に合うわけねーだろ】

【ランクDにアレを倒せる探索者なんていない】

バイザーに映るコメントが諦めムードだ。

うん、僕もそう思うし。こりゃあ本当に参ったな。たはは。本当に……

「あーもうホント駄目かも。ごめんねぇみんな」

【泣かないで】

【頑張ってシスターリン】

【諦めるなよリンちゃん】

みんなが頑張れって言ってくれる。死なないでって言ってくれる。でももう無理なんだ。いくら直感があっても、反応できても対応できない。足が血まみれでもう動かないんだよ。悔しいなぁ。

「グガァアアアアアアア」

【キタ――――】

ママごめんね。ボクはこれでもう……

「え?」

僕が諦めて顔を伏せた瞬間、迫るドラゴンの向きが変わった。

え? え? 何が起きてるの?

【なんだ?】

【グランドアースドレイクの顔が別の方向に】

【おい、なんかデカいのが来たぞ】

【熊?】

【違う。大きなレッサーパンダだ!】

【なんでだよ!?】

【知るか馬鹿】

【レッサー?　別の魔獣が来たのか?】

【見ろ。人が乗ってるぞ】

アレって多分、探索者の男の人かな?　大型の従魔を従えてる凄腕のテイマーとか?　アレ?　でもあの人、レッサーパンダから飛んでグランドアースドレイクに向かっていってる。え?　テイマーじゃないの?

【テイマーが突撃した?　いくらなんでも無謀だ】

【だけど空を走ってる?】

【なんだアイツ。メチャクチャ速いぞ】

【なんで空中で溶岩弾を避けられんだよ】

【何もない空間を蹴ってる?　スキルなのか?】

【ぶつかりそうなのも直前で弾かれてる】

【ハエーし、意味分かんねえぞ】

そう。速い。意味が分からない。まるで歩いているようなのに、何十倍ってスピード再生しているような動作で、一瞬で空中を駆けてる。しかもグランドアースドレイクが放った溶岩弾もすべて避けたか、防いだ。まったく理解が追いつかないんだけど、どういうことなの？

【ホワ――――】

【ドラゴンの両目から血がブシュッて】

【うわ――――、なんか出た――――】

【ああ、出たな。脳汁がよ。ドラゴンの】

【ウッソだろお前】

【ドラゴンの後頭部が吹っ飛んだ!?】

【なんでだよ!?】

？？？？？？

え？　え？　え？

あの人が近くにいった途端にグランドアースドレイクの頭が内側から破裂した。何あれ？　ヤバっ。

すごい。すごい。ボクのピンチに駆けつけてくれた白馬の……レッサーパンダだけど……騎士さん？　ってアレ？

【なんかきた】

【男だ】

【マジかよ。なんなんだよアレ】

【一瞬でドラゴンの頭をバーンしやがった】

Live

おかしいな。僕知ってるよ。あの人って、え？　え？　いや、なんで？　でも近づいてくるあの顔は、間違いなくあの人は……

「パパ……？」

【【【パパ!?】】】

【次回予告】

見知らぬ少女がそこにいた。

青髪の娘。それは男の人生には存在しなかった稀人。

故に男は少女とは初見であろうと理解した。

されど妖精は知っている。その娘の正体を。

記憶に焼き付いた愛《いと》しき娘の存在を。

それはかつて分かたれた血の縁。

かくして運命は再び交錯し、新たなる縁が紡がれる。

閉話　ユーリさんのアップデートアゴーゴー

「うーふーふーふー」

あーしは今、多分浮かれている。

なるほど。これが愉悦ってヤツなんだなーと。

あーしは今日人生という大きな舞台の中でひとつ上のステージに上がった。

昨日までのあーしはもうここにはいない。今のあーしはスーパーユーリさんだ。無敵だ。最強だ。ゲーミングだ。七色に輝く存在だ。多分。気持ち的には。メイビー。

これが上位者の目線。なるほど。いつものバーとマスターが今日は輝いて見える。まあ実際立派なバーなんだけど。あーしも佐世子先輩のコネで入れた会員制のところだし？

「ユーリちゃん。ご機嫌だねえ。なんで僕をキラキラした目で見てるのかな？」

「マスターの立派なお髭《ひげ》を見て気分を高揚させているだけですよ」

ふぉぉぉ。マスターはお髭を褒められると喜ぶ。これ豆だから。メモっておいていいよ？

「ありがとう？　でもこれから前島さんが来るんだろう。彼女がくる前にさすがに飲み過ぎじゃないのかい？」

「フッ、マスター。今日のあーしはね。ちょっとスーパーな気分なんだよね。だからシラフで先輩と会えないっていうか。飲んで勢いつけないと口に出せないっていうか」

「ふーん。珍しくあなたからのお誘いだと思ったら、何を聞かせられるか怖いわね」

「いらっしゃい前島さん」

「あ、先輩。お仕事お疲れ様でーす」

やってきたのは前島佐世子先輩。

前島グループのダンジョン部門であるマエジマラビリンスファクトリーの代表取締役っていう肩書を持っている、簡単にいうとウチのクランのスポンサーのお偉いさん。

と言っても先輩とあーしは子供の頃から家同士で付き合いがあったし、同じ高校出身だから今では先輩って呼ばせてもらってる間柄だったりもするわけ。歳も離れてるから当然一緒に学んだりなんてしてるわけじゃないけどさ。こうして可愛がってもらってたりするんだよねー。それにあーしは先輩の娘の凜ちゃんの探索者としての教育係でもあるし。

「マスター、私はいつものをちょうだい。こんばんはユーリ。あなた、今日はオフだったの？」

「ちゃーんとお仕事してから来てますよー。あーしはクランリーダーですからねー」

「はいはい。偉い偉い。貞本《さだもと》さんに頼り切りじゃなきゃもっと偉い」

「サダ兄はあーしの右腕っすから。実質あーしが頑張ってるようなもんしょ」

サダ兄はあーしのお目付役だからねー。その分、役にも立ってもらわないとねー。

「はいはい。それで頑張ってるユーリちゃんはなんでそんなにご機嫌なのかしらね？」

「ふーふーふー。先輩、先輩。見て見て。あーし、どこか変わったと思いませんか？」

「変わった？　うーん？」

両手をガバッと広げたあーしを先輩がジロジロと見てくるけど、気付かないかー。先輩ももう離婚してから十年は経ってるしー、その間に浮いた話もなかったからなー。そういう嗅覚はなくなっちゃってるかー。しーかたないかーって、イテッ。

「ツー。ねえ先輩？　なんで今、あーしにデコピンしたんです？」

「いや、なんかウザい思考を感知したから？」

ぐぬぬ。鑑定スキル持ちのせいか、先輩鋭いんだよねー。でも分かんないかー。そっか、そっかー。

「先輩、あーしは昨日のあーしとはひと味もふた味も違うんですよ。いわば今のあーしはスーパーユーリさん。ひと皮剝けた、脱皮した中身の方のユーリさんなのです」

「ああ、そういう。えーと……男ができたのね。はいはい、おめでとさん？」

察せられた途端に、雑に祝われた!?

「先輩、なんか雑。いや、あってるけど。男できましたけど。恋人できましたーって言えますけど。でも、気づいたってことはやっぱりあーしから女の色香ってヤツがムンムンしてるでオッケー？」

「いや……探索者って、姿形だけじゃなくて精神も若いままでいられるのはいいんだけどさ。いつまで経ってもノリが落ち着かないというか、子供のままだから……ぶっちゃけユーリって小学生の頃と印象あまり変わってないというか」

「バブー」

「さすがに赤ちゃんまで退行してるとは言ってないわよ」

つまりはあーしが子供だってこと？　ふっふ、けどそれももう昨日までのことなんだよねー。あーしはもう生まれ変わったわけで。もうあーしはオ・ン・ナだからね。

「まあいいけど。でもユーリがねぇ。そりゃ声をかければ寄って来る男もひとりやふたりじゃないでしょうけど。単純に男には興味がないいんだと思ってたわ」

「まあ否定はできないですけど」

あーしもおじさんに教えてもらうまでは、面倒くらいにしか思ってなかったからねー。ぶっちゃけ、あーしみたいな商売してると裏の話もよく聞くし。そのくせ、あーしはクランリーダーで管理側だからメイチューバー仲間からもちょっと距離あるし？　正直、ハブ？　いい意味で。カリスマ的な？　お目付け役のサダ兄がいたのもあるんだけど、この年まで経験なかったのはそこら辺の事情のせいってわけさー。あーし、昔っからモテモテだったしねー。

「それで相手はやっぱり烈くん？」

「ちーがーいーまーすー。やっぱりってなんです？　前から言ってる通りにあーしは筋肉だるまは好みじゃないいんですけど。心外なんですけど」

「だって、あなたたち、いっつも一緒にいるじゃない。それに烈くんの方は実際本気でしょ？」

「んー。そりゃ同じクランですし？　同じホテルに住んでるし？　でも友達としてならともかくですなー。アイツはちょっとなー」

まあ烈から告られたことは何度もあるし、本気なのも分かってるけどー。本当にあーしの趣味じゃないから。いや、悪いヤツじゃあないんだけどね。頼れもするんだけど……重いっていうか、命懸けてる仲間にそういうのは向けられないっていうかさ。

烈は仲間。そういう枠組みからは外せないんだよね。

「それに勝ったら付き合ってあげるって言ってなかったっけ？」

「考えてあげるって言った覚えはありますねー。でも、でもですよー。バトル漫画とかじゃないんだから、なーんであーしが自分を負かしたヤツと付き合わなきゃいけないんですかねー。あーし、マゾじゃねーし」

「知らないわよ。私が言ったんじゃなくてあなたが言ったんでしょう」

「はっはっは、過去のことなんてもう忘れました。あーしは未来に生きる若者なんで。大体それが罷《まか》り通るなら三船《みふね》のババアとかじゃないとあーしは恋人できなくなるんですけど」

「ああ、三船ベラさんか。あんた、シーカーグランプリでピンボールみたいに吹っ飛ばされてたもんねぇ」

アレは悪夢だったなー。ニューカマーグランプリをぶっち切りで優勝した翌年のシーカーグランプリに参加して、こっちでも軽ーく優勝かっさらってくるかーと舐めて挑んで、ボッコボコにされたんだよねー。マジで歯が立たなかったし。あの人には今でも勝てる気がまったくしないんだわ。マジで。

「アンタ。アレ以降、シーカーグランプリ出てないでしょ。リベンジはしないの？」

「ああ、アレは無理かなー。時々いる、いわゆる人間の枠が外れちゃってるタイプの人だしなー」

グランマ騎士団のクランリーダー『三船ベラ』。老衰と肝硬変で死にかけたところにダンジョンができて、すぐに覚醒施術を受けて人生カムバックを果たしたガチでヤバい人。

一族内でも最強のウチのおじいちゃんが、ダンジョンのない時代に、一般人の頃のあのババアにガチで半殺しにされて振られたって聞いた時には頭真っ白になったからね。大会でたまたまぶつかったんじゃなきゃ、あんな化け物に近づきたくもないんだよ。本当にさ。

「ふぅん。まあいいけど。ともかく烈くんは脈ないかー。彼、一途で可愛いのにね」

あいつは先輩と同い年ですけどねー。でも十歳下の女の子の尻を追いかけてる体育会系はＮＧかなー。うるさいし、重そうだし。

「ともかく烈は違います。あーしを見事手中に収めたラッキー男はあいつではないでーす」

「ふーん。じゃあ誰だろう。私も知ってる人かしら？」

「いやー。あっちが知ってる可能性はあるけど、最近探索者になったばかりで、ダンジョンとは縁もゆかりもない職業をしてたらしいですし、先輩の薔薇色《ばらいろ》人生とすれ違った可能性はゼロだと思いますよー」

片や業績ゼッコーチョー大企業の女性ＣＥＯ、片や元サラリーマンから無職を経て探索者になった中年男性。まったく接点なさ過ぎだからねー。ふたりが知り合いだった……なーんてことはちょっとあり得ないよねー。まあ今後はオーガニック経由で接点もあるかもだけどさー。間にあーしがいるけどさー。

「へぇ。なったばかりっていうともしかして年下？　ねえユーリ、年齢は大丈夫？　まさか凜と同い年だったりしないわよね？」

「あーし、ショタは趣味じゃないんで。普通に四十過ぎのおじさんですよ」

「マジで？」

「マジで」

実際の年は四十半ば？　いや、もっと若かったかも？　烈と同い年とか言ってたような？　まあ、別に良いか。

「ふーん。おじさん……おじさんねぇ。そんな相手にコロッとやられちゃったわけだユーリちゃんは」

「まーそーなんですけどねー。あの人は色々と脇は甘いけど実力はあるし、将来有望ですよー」

「アンタねぇ。おじさんに将来性感じて抱かれたってわけ？」

「はっはっは、あーしはそんなに安い女ではないです。まあ？　仕事の打ち合わせをしてて、なんか相性いいなーって思ったらスルスルとあーしの心に入ってきましてねー」

「仕事の打ち合わせ？」

「はい。おんなじホテルに住んでるんですけどねー。彼の従魔をおが肉所属にしてチャンネルを出すことになりましてー」

「へぇ。その人、テイマーなのね」

佐世子先輩が感心した顔でそう呟《つぶや》いた。

まあ従魔契約自体が珍しい上に、実用レベルまで育てるのにも時間がかかるからね。おじさんのところは普通に会話できるティーナちゃんもおかしいんだけど、ラキくんも十分に普通じゃないんだよ。そもそもおじさんの真価はまた別にありそうなんだけどさー。

「まあ、打ち合わせ終わったら、ちょっと仕事終わりの打ち上げっぽい感じで少し飲むことになりましてー」

「ほぉほぉ」

「ティーナさん加工の果実酒で大変美味しいんですよって出されたお酒が本当に美味しくていい感じで酔っ払っちゃいましてー。それで『ユーリさん。あなたと話していると、時間があっという間に過ぎてしまいますね』とか言われちゃってー」

「ふーん」

「『あなたの笑顔や話し方、すべてが魅力的で、もっとあなたのことを知りたいと思ってしまいます』なーんて言葉も囁《ささや》かれましてぇ。耳元でね。ちょっとこしょばゆいのをね」

「うーん？」

「『時間がおありでしたらもっとあなた自身のことを私に教えていただけませんか？』とか言われたんですよ。耳元で。耳元で。あーしはね。思っちゃったんですよ。こういうこと言ってくれる人っていなかったなって。それでなんかもう気がついたら朝になってて……いや、色々と記憶は残ってるし、そのいたしちゃったってのは間違いなくて……って、何難しい顔してるんです先輩？」

「いやー、私の後輩がチョロ過ぎてヤバいって？」

「え――――、あーしの馴れ初めですよー。ラヴい感じのー」

「正気に戻りなさいユーリ。今のあなたは四十のおじさんに酔わされてあっさり喰われた二十五歳(元処女)よ」

そう言われるとあーし、すッごくチョロく見える。分かってたことだけど。うう、アルコール補給で回復しよう。

ゴキュゴキュプハー。よし復活。

「むー、出会いはそんなでも愛があればいいんですよ。というか、なんか納得いかないって顔してますね。そんなにおかしいです?」

「今日のアンタは確かにおかしいけど……いやね。そのセリフ、むかーし聞いたことあったような……」

「え? 浮気? 男奪ったの? 先輩死ぬの?」

「いや、違うから。落ち着きなさいユーリ。その顔、怖いから。時系列を考えて?」

ハッ、確かに!? おじさんがNTRRTAでも目指してない限り無理だった。

「それを言ったのは私の元旦那だからね。あんたの男じゃないから。別人だから」

なるほど。危なかった。佐世子先輩の命がピンチだった。アルコールが沁みた脳には危険過ぎる言葉だったよ。ちょっとだけヒヤッとしたけど、セーフ。元旦那はおじさんじゃない。セーフ。

「あの人らしからぬセリフだったし、気になって前に聞いたら、大学サークルの先輩から教わった口説きセリフだって白状してたわね。もしかするとそういうのが昔からあったのかしら?」

あー、離婚した旦那さんってそういう……前々から別れた旦那は普通の人とは言ってたけど、佐世子先輩的にはそうでも実は結構なナンパ野郎だったんじゃないのかなー。まあおじさんとは似ても似つかないよねー。

「うーん。あーしのおじさんはそういう感じじゃあないですねぇ。でもやる時はやるみたいな？」

「そりゃ、その年までおぼこだったあなたをサクッと食べちゃってるんだから、チャンスは逃さない人間なんでしょうねぇ」

「できる人ですよ。先輩にもそのうち紹介もすることになりそうかなー」

「あなたの彼氏として？」

「それよりも商売相手としてですねー。新人ですけど、色々とモノが違いますしー。烈も油断したとはいえ、ぶっ倒されてます」

「え？」

あ、驚いてるー。でもマジだからね。あーしの目の前だったし。

「新人で？　それは凄いわね。あ、凛に近づけないでね」

「何警戒してるんです？　あーしのですよ？」

「一晩でアンタをそうさせた事実が警戒させるのよ」

おじさんはそういうんじゃないんだけどなー。いくら佐世子さんが自分の娘ラブだったとしても警戒しすぎだと思うけどなー。

「大体、凛ちゃんはまだ十五じゃないですかー？」

「もう十五よ。あの年頃は油断できないから」

「大丈夫だと思いますけどねー」

「ウチらの高校だって、年にひとりやふたりはできちゃって退学してたんだけどねー」

「あーしん時は聞いたこともありませんでしたけど?」

「そりゃあそんなこと大っぴらにできないでしょ。私は生徒会長やってたから聞かされてただけよ」

なーるほど?

「とは言ってもね。別に男女交際に反対してるわけではないわよ。彼氏ができるならそれはそれでいいわ」

「えー、いいんですかー?」

「まあねえ。男親じゃないんだから。いや、あの人なら『凜さんの選んだことですから』とか言いそうか」

「それ、別れた旦那さんのことですよね?」

「そっ。基本、あの人って私たちの言うことは聞いてくれる人だったから」

「でも別れちゃったんですよね?」

「まーねー。ウチのバカ兄がしくじって、家がゴタゴタした時にね。私の都合で振り回して、別れて。でもなんも言わなかったし。あの時、あの人が止めてくれてたらまた違ったかも……いや、私のわがままで離れたんだから、そこに文句を言う筋はないのだけれどもね」

「…………ハァ」

「ま、いいわ。私は、四十のおじさんとできちゃって家を飛び出す凛は見たくないだけ。悪い男でもおじさんでもなければいいわ。私はただあの子に真っ当に生きてもらいたい、ちゃんと祝福してあげたいだけなのよ」

「反面教師ですかー」

「そうよ。悪い？」

「いえいえ」

怖っ。

佐世子先輩のその辺は地雷だなー。ご両親ともまだギクシャクしてるみたいだし。凛ちゃんはあのふたりに孫可愛がりされてて関係良好なのにねー。ついでにあーしも。

「そういえば、ユーリ。恋人ができたとか話してるけど、メイチューバーって恋人がいるのってありなの？」

「んー、ウチはそこら辺特に制限はしてないです。配信で探索時のコミュニケーションも流すとどうしても素の人間関係も出ちゃいますし。そこが受けてるってのもあるんですけど」

「あー、アイドルとは扱いがちょっと違うわけね」

まったく別ってわけじゃあないけど。

まだ新しい分野だし、そこら辺緩いだけってのも当然あるけどさ。まあ、探索者の女騙《だま》くらかして手を出すって、普通にゴリラをベッドに連れ込むのと変わんないからねぇ。性的暴行目的で襲っても普通にもがれると思うよ？　比喩じゃなくて。

「そうですね。専門のアイドルだとキャラも含めて全部造ってるところもありますけど、命かかってるとそうもいかないケースもあるし。はじめっからそういうキャラでやってんなら、問題にはならないですね。まあ大体は触れないですけど。黙して語らずみたいな？　ファン層考えるとそういうのってデリケートじゃないですか」

「まーそうかも」

「あーしも子供ができちゃったりしたら公表を考えるかもしれないですけど。いや、探索者だから怪我の入院で誤魔化せるかな？」

どうなんだろー。メイチューバーやってんのは楽しいしなー。怪我関係はすぐ治っちゃうけど、呪い関連とかならいけるかな？

「子供って……そこらへんももう考えてるんだ。さすがにそうなるとあなたの家も黙ってないでしょう」

「あーしももう二十半ばなんだし、そういうこともあるって思ってくれますよー。多分？」

「だと、いいけど。あなたのところの幻造《げんぞう》さん、ウチの親くらいそういうのはうるさそうだから」

「おじいちゃんは大丈夫ですよ。あーしが笑顔でお願いすれば『おじいちゃんに任せんしゃい』って言ってくれますって。おじいちゃんはあーしに甘いですし」

「……ならいいんだけど。風間《かざま》一門の問題だし、私が口を突っ込むことじゃないか」

「そーそー。うるさいのはウチの親だけで十分。つーか、そんなんなったらおじさんとラヴラヴ見せつけてやりますってー」

「ラヴラヴねぇ。本当に、ユーリが男に入れ込むなんてねえ」

ふふん。なんとでも言ってくださいな。

チョロいって思われても手放す気はないですしね。

だっておじさんはきっと三船のババアやうちのおじいちゃん、あとチコ姉なんかと同類なんだもの。多分外れちゃってる人。特別な人。モノが違うのは見てすぐ分かったんだよねー。

あーしはこれでもチヤホヤされてきた側だけど、本当の意味で特別な人間にはなれないってのは分かってる。きっとどこまで行っても、どんなに頑張っても。そういうポジションだからね。だから分かっちゃうんだよねー。おじさんは『特別な人』だって。

烈は見た目は一般人か低レベルの探索者だって言ってたけど、あーしにはおじさんが10トンの爆薬をギューギューに詰めた一発の弾丸みたいな存在に見えた。あの有り様はあり得ない。人間の形をしてるのがおかしいくらいだよ。

あーしはあーはなれないし、あっち側には立てない。

パパもママも優しいし、チコ姉もおじいちゃんもそう。でもあーしは特別じゃないから、風間の家からは外された。あーしは本当の意味で必要とはされていない。オーガニックだってあーしのクランだけど、お膳立てされたモノ。本当の意味であーしのものって胸を張れない。

だからおじさんに求められた時は本当に嬉しかったんだー。あ、そっち側の人にもあーし自身が求められることもあるんだ……ってさ。

だから、ごめんねおじさん。あーしのこの気持ちは多分純粋なものじゃない。おじさんはきっと好意からだと思うけど、それでもあーしはあーしなりにおじさんのことをちゃんと愛してあげる。あーしの全部をあげるから……さ。だから、あーしもそっち側に……

「ユーリ。鳴ってるわよ、それ」

「ん？　おお。おじさんからの電話だー」

「ああ、例の……おおぬ……ん？」

先輩があーしのシーカーデバイスの液晶画面に出た名前を見て眉をひそめた。なんだろう？

「あー……いや、まさかね」

まあいいか。おじさんからのメールだー。おお、そろそろ謹慎も解けそう？　相談事？　ふっふっふ、人生はともかく探索者ではあーしの方が先輩だからねー。ユーリさんに任せんしゃい！

あ、これあーしのオハコ。おじいちゃんのモノマネだから。ママとチコ姉には馬鹿受け。でもパパは怯えた顔になるんだよなー。婿養子だからかな？

あとがき

はじめまして、紫炎と申します。

この度は、デッケェレッサーパンダが威嚇しているお腹に飛び込みたい、そんな想いで書き始めた拙作を手に取っていただき、まことにありがとうございます。

昨年にアース・スターノベル様よりお声をかけていただき、どうにかこうにかして、ようやく本作を世に送り出すことができましたが、いかがでしたでしょうか。

この作品はＷＥＢの投稿サイトに掲載していたものをベースに、加筆修正したものとなります。

ただ当初本にすることなどは一切考えていなかったので、バツイチの冴えないおじさんを主人公にしたり、ここ最近動画サイトでずっと見ていたレッサーパンダをお供にしたり、馴れ初めも作中の裏でやって描写しないヒロインと呼べないヒロインを入れたりと好き勝手に書いておりました。

さすがに看過できなかった担当様の指摘により、ヒロイン成分は若干マシマシになりましたが、それでもまだ足りないということなので、今後はヒロインの出番をもうちょい増やしたいなーと思っております。それに今巻の終わり方も続きありきになっておりますからね。

ラストのあの娘は一体誰なのか？　パパとは一体どういう意味なのか？　何故ユーリさんは善十郎の部屋へ泊まりに来てるのか？　ラキくんは何故可愛いのか？　烈さんがＢＳＳ（ボクの方が先に好きだったのに）に気づくのはいつなのか？

すべての謎が明らかになったりならなかったりする二巻にご期待ください。


最後にはなりますが、一緒に本を作り上げて頂いた担当様方、イラストを担当していただいたGenyaky様、本作を世に送り出すのに携わっていただいたすべての方々、そして本作を手に取ってくださった皆様方には改めて感謝をいたします。

それでは、次巻でまたお会いいたしましょう。

ありがとう
ございます！

小説家になろう
第8回
アース・スターノベル大賞
※小説家になろうは、
株式会社ヒナプロジェクトの登録商標です。
※第8回アース・スターノベル大賞は
アース・スターノベル、アース・スター ルナと
小説家になろうの合同企画です。
詳細はこちら▶
©HIROKAZU

EARTH STAR NOVEL

収納おじさん【修羅】①
再就職で夢の探索者生活。ペットボトルサイズの収納スキルでダンジョンを爆速で攻略する

発行 ―――― 2025年3月14日　初版第1刷発行

著者 ―――― 紫炎

イラストレーター ―――― Genyaky

装丁デザイン ―――― 村田慧太朗（VOLARE inc.）

発行者 ―――― 幕内和博

編集 ―――― 岩澤樹　筒井さやか

発行所 ―――― 株式会社アース・スター エンターテイメント
〒141-0021　東京都品川区上大崎3-1-1
目黒セントラルスクエア　7F
TEL：03-5561-7630
FAX：03-5561-7632

印刷・製本 ―――― 中央精版印刷株式会社

ISBN 978-4-8030-2094-6